진 브로디 선생의 전성기

THE PRIME OF MISS JEAN BRODIE
by Muriel Spark

이 도서의 국립중앙도서관 출판예정도서목록(CIP)은 서지정보유통지원시스템 홈페이지(http://seoji.nl.go.kr)와
국가자료공동목록시스템(http://www.nl.go.kr/kolisnet)에서 이용하실 수 있습니다.
(CIP제어번호: CIP2018001844)

세계문학전집
160

Muriel Spark : The Prime of Miss Jean Brodie

진 브로디 선생의 전성기

뮤리얼 스파크 장편소설

서정은 옮김

문학동네

일러두기

1. 주석은 모두 옮긴이주이다.
2. 본문 중 고딕체는 원서에서 이탤릭체로 강조한 부분이다.

차례

1장

마샤 블레인 여학교 학생들과 대화를 나누는 동안에도 소년들은 핸들을 쥔 채 자전거 뒷바퀴 쪽으로 멀찍이 서 있었는데, 자전거는 마치 두 성性을 가르는 울타리처럼 보였고 소년들은 언제라도 곧바로 자전거에 올라타 떠날 것만 같았다.

학교 정문에서 별로 멀지 않은 곳인데다 모자를 벗는 건 교칙에 어긋나는 일이기 때문에, 소녀들은 모자를 벗을 수 없었다. 비스듬히 기울여 쓰지만 않는다면, 4학년부터는 학생들이 모자 관련 규정을 좀 어기더라도 눈감아주는 분위기였다. 뒤쪽 챙을 말아올리고 앞쪽을 내려 쓰는 게 규정이었지만, 소녀들은 조금씩 규정과 다르게 쓰곤 했다. 소년들 때문인지 서로 바짝 붙어 서 있던 다섯 명의 소녀들 역시 나름대로 제각각 다르게 모자를 쓰고 있었다.

이들이 바로 브로디 무리였다. 초등부에서 중등부로 올라가던 열두 살 때 학교 교장이 조롱 삼아 그렇게 부르기 전부터 그들은 이미 브로디 무리라고 불리고 있었다. 승인된 교과 이외의 온갖 과목들, 교장의 표현을 따르자면 부적절할 뿐만 아니라 학교에서 가르칠 이유가 전혀 없는 쓸데없는 과목들을 잔뜩 배운 소녀들은 한눈에도 브로디 선생 제자라는 태가 났다. 나중에 알려진 바에 따르면 소녀들은 부크머니즘*, 무솔리니, 이탈리아 르네상스 화가, 정제 비누와 물 대신 클렌징크림과 위치헤이즐**을 사용하는 것이 피부에 주는 이점에 대해 배웠으며 '초경'이라는 단어까지 접했고 『곰돌이 푸』의 작가가 사는 런던 자택의 인테리어며 샬럿 브론테와 브로디 선생의 사랑 이야기도 들었다. 소녀들은 아인슈타인을 알고 있었으며, 성경이 허구라고 주장하는 사람들의 논리 역시 알고 있었다. 이들은 기초 점성술까지 알고 있었지만 플로든 전투가 언제 발발했는지나 핀란드의 수도가 어디인지는 알지 못했다. 브로디 무리의 소녀들은 한 명만 빼고 죄다 브로디 선생처럼 손가락으로 셈을 했는데 그러면서도 그럭저럭 정확한 답을 내곤 했다.

열여섯 살이 되어 4학년으로 올라가고 수업이 끝나면 교문 밖을 배회하고, 정규 체계에 적응한 후에도 그들은 누구든 알아볼 수 있는 브로디 무리로 남았고 학교에서 유명했다. 그 말인즉 의심을 받고 미움을 샀다는 뜻이지만. 그러나 정작 그들에게는 같은 무리라는 의식이 없었고 브로디 선생과 교제를 이어나간다는 점을 제외하면 공통점도

---

* 1938년 미국의 목사 프랭크 부크먼이 주창한 도덕무장운동. 도덕적 각성과 부흥을 목표로 전개되었다.

** 풍년화의 잎에서 추출하는 성분. 소독 작용이 뛰어나 화장수로 사용된다.

거의 없었다. 브로디 선생은 여전히 초등부 수업을 맡고 있었다. 학교로부터 심각한 의혹의 시선을 받으면서.

마샤 블레인 여학교는 19세기 중반, 돈 많은 에든버러 출신 제본업자 과부의 기부금에 일부 힘입어 설립된 학교였다. 죽기 전까지 그녀는 가리발디의 열렬한 추종자였다. 중앙 복도에는 그녀의 늠름한 초상화가 걸려 있고, 해마다 창립자의 날이 되면 학교는 국화나 달리아처럼 오래가는 꽃다발로 그녀를 추모했다. 꽃은 초상화 아래, 성서대에 놓인 꽃병에 꽂아두었는데, 그곳에는 성경이 펼쳐져 있었고 "누가 어진 아내를 얻을까? 그 값은 진주보다 더하다"라는 구절에 붉은색으로 밑줄이 쳐져 있었다.

소년들 때문인지 서로 어깨를 대고 바짝 붙은 채 나무 아래에서 어정거리는 이 소녀들은 각자 무언가로 유명했다. 이제 열여섯 살이 된 모니카 더글러스는 반장이었고, 뭐든 암산할 수 있는 뛰어난 산술능력과 충분히 달궈지기만 하면 물불 가리지 않고 덤비는 불같은 성미로 유명했다. 겨울이나 여름이나 늘 코가 빨간 그애는 짙은색 긴 머리를 땋아 늘였고, 통통한 다리는 꼭 의족같이 보였다. 열여섯 살이 되고부터 모니카는 파나마모자를 규정보다 위로 높게 올려쓰고 다녔는데, 마치 모자가 작아 머리에 얹어두기만 한 듯 보이기도 했고, 어떻게 해도 이상해 보인다는 걸 자신도 아는 것 같기도 했다.

로즈 스탠리는 성적 매력으로 유명했다. 짧은 금발에 제법 얌전하게 모자를 썼지만 양쪽을 눌러 모자 윗부분이 움푹 들어가 있었다.

작고 단정한 유니스 가드너는 요정 같은 체조 실력과 멋진 수영 솜씨로 유명했는데, 모자의 앞쪽 챙을 말아올리고 뒤쪽은 내려쓰고 있었다.

샌디 스트레인저는 챙을 완전히 말아올린 모자를 뒤통수까지 최대한 넘겨쓰고는 벗겨지지 않게 하려고 턱밑으로 고무줄을 걸어놓았다. 질겅질겅 씹어대는 통에 고무줄이 끊어지면 다시 새걸로 바꿔 달곤 했다. 샌디는 너무 작아서 마치 없는 것처럼 보이는 눈 말고는 딱히 특기할 점이 없었지만, 오래전 초등부에서 브로디 선생을 사로잡았던 낭랑한 모음 소리로 유명했다. "자, 오늘은 피곤한 날이었으니 이리 나와 우릴 위해 이 시를 좀 낭독해주렴."

그녀는 직물을 두고, 그녀는 베틀도 두고,
그녀는 방을 세 발자국 걸어가,
그녀는 수련이 핀 것을 보고,
그녀는 투구와 깃털을 보고,
그녀는 캐멀롯을 보았네.*

"정신을 고양해주는 시야." 수업 종료를 알리는 종소리에 귀를 기울이고 있는 열 살 소녀들을 향해 가슴에서부터 손을 뻗으며, 브로디 선생이 말했다. "영감이 없는 곳에는," 브로디 선생이 다시 한번 강조했다. "삶도 없지. 유니스, 우리가 기분전환을 할 수 있도록 이리 와서 공중제비를 좀 넘어보렴."

어쨌든 지금, 자전거 옆에 서 있는 소녀들은 제니 그레이가 웅변 수

---

* 영국 빅토리아 시대의 계관시인 앨프리드 테니슨 경의 「샬롯의 여인」.

업에서 배운 말투를 신나게 놀려먹고 있었다. 제니는 배우 지망생이었다. 샌디의 단짝 친구이기도 했다. 제니는 모자 앞챙을 아래로 홱 꺾어 쓰고 있었다. 그녀는 브로디 무리 중 가장 예쁘고 우아했으며 그 미모로 유명했다. "촌뜨기처럼 굴지 마, 앤드루." 특유의 거만한 말투로 제니가 말했다. 다섯 명의 소년 가운데 세 명이 앤드루였는데, 이 세 앤드루 모두 제니의 말투를 흉내내기 시작했다. "촌뜨기처럼 굴지 마, 앤드루." 소녀들은 모자챙을 들썩여가며 킥킥대고 웃었다.

그리고 무리의 마지막 멤버이자 말없고 멍청하기로 유명한 메리 맥그레거가 있었는데, 그녀는 모두의 화풀이 대상이기도 했다. 또, 무리에는 속하지 않는 조이스 에밀리 해먼드도 있었다. 대단히 부유한 집 딸이지만 그 어떤 학교나 가정교사도 통제하지 못한 문제아라서, 최근 마지막 희망인 블레인 여학교로 오게 된 애였다. 그애는 아직도 전에 다니던 학교의 녹색 교복을 입고 있었다. 다른 소녀들은 모두 블레인 여학교의 짙은 보라색 교복을 입고 있었다. 이곳에 와서 지금까지 그 애가 일으킨 문제라고는 고작해야 음악 선생에게 몇 번인가 종잇조각을 뭉쳐 던진 것뿐이었다. 그애는 자신을 조이스 에밀리라고 불러달라고 고집을 부렸다. 조이스 에밀리는 이 유명한 무리에 들어오려고 무척 애를 쓰는 중이었는데, 조이스 에밀리라고 불리면 뭔가 특별한 존재가 될 수 있으리라 생각한 모양이지만 가망 없는 희망이었고, 그애는 그 이유를 이해하지 못했다.

"저기 선생님이 오는데." 조이스 에밀리가 고갯짓으로 학교 정문 쪽을 가리키며 말했다.

두 명의 앤드루가 자전거에 올라타더니 길 쪽으로 페달을 밟으며 가버렸다. 다른 세 소년은 반항적으로 자리에 남았지만, 마치 펜틀랜드 언덕 위의 구름을 감상하기 위해 서 있다는 양 반대쪽으로 고개를 돌렸다. 소녀들은 토론이라도 하는 듯 동그랗게 둘러섰다. “안녕, 얘들아.” 브로디 선생이 무리에게 다가오며 말했다. “며칠이나 너희를 못 봤구나. 자전거와 소년들을 여기 붙잡아둬서는 안 될 것 같은데. 그럼 이만.” 그녀와 함께 이 유명한 무리는 그 자리를 떠났고, 새로 온 문제아 조이스도 뒤를 따랐다. “처음 보는 아이 같은데.” 브로디 선생이 조이스를 찬찬히 보았다. 그러고는 서로 소개를 마친 뒤 이렇게 말했다. “자, 그럼 이제 우린 가던 길을 가야겠구나.”

샌디는 고개를 돌려 조이스 에밀리가 처음에는 걷다가, 이내 긴 다리로 나이답지 않게 어설픈 모양새로 겅중겅중 반대 방향을 향해 뛰어가는 것을 보았다. 브로디 무리는 유년기의 지난 육 년간 늘 그랬던 것처럼 그들만의 비밀스러운 모임에 남았다.

“내가 너희의 어린 어깨 위에 원숙한 머리를 올려주는 거야.” 브로디 선생은 그들에게 그렇게 말했다. “그러면 내 제자들은 모두 크림 중의 크림*이 되는 거지.”

브로디 선생을 좇는 무리를 뒤따르면서, 샌디는 너무 작아 있으나 마나 한 눈으로 모니카의 새빨간 코를 보며 그 말을 떠올렸다.

“내일밤 저녁을 같이했으면 싶은데.” 브로디 선생이 말했다. “시간을 비워두도록 해.”

“연극 모임이……” 제니가 중얼거렸다.

---

* crème de la crème. ‘최고’ ‘가장 중요한 인물’ 등을 뜻하는 프랑스어 표현.

"못 간다고 하면 되지." 브로디 선생이 대답했다. "날 강제로 사직시키려는 새로운 음모가 시작된 것 같은데, 그에 대해 너희 의견을 듣고 싶어. 말할 필요도 없지만 난 절대 사직하지 않을 거야." 자극적인 단어들을 쓰면서도 브로디 선생은 언제나처럼 차분하게 말했다.

브로디 선생은 학교의 다른 동료들에게 자기 일을 상의하는 법이 결코 없었고 오직 비밀스레 교육시킨 옛 제자들에게만 개인적인 일을 털어놓곤 했다. 블레인 여학교에서 그녀를 제거하려는 음모는 그전에도 몇 번 있었지만 번번이 실패로 돌아간 터였다.

"내가 더 진보적인 학교에 지원해야 한다는 거야. 내 수업 방식은 블레인보다 그런 학교에 적합하다면서. 하지만 내가 그런 허접한 학교에 지원할 일은 절대 없어. 난 이 교육 공장에 남을 거라고. 여기서 밀가루 반죽을 부풀릴 효모 역할을 해야지. 아직 말랑말랑한 나이의 소녀를 내게 주면, 그애는 영원히 내 것이 될 거야."

브로디 무리는 각각 사태를 이해했다는 자기 나름의 미소를 지었다.

브로디 선생은 목소리를 낮게 깔며 갈색 눈동자를 의미심장하게 반짝였다. 태양 아래 로마인 같은 옆모습을 보이며 서 있는 가무잡잡한 브로디 선생은 실로 강인해 보였다. 브로디 무리는 그녀의 승리를 한 순간도 의심하지 않았다. 율리우스 카이사르가 허접한 학교에 지원할 리 없듯, 브로디 선생이 그런 학교에 지원하는 일은 없을 터였다. 그녀는 결코 사직하지 않을 것이다. 그녀를 제거하고 싶다면 학교 당국은 그녀를 암살해야 하리라.

"이번엔 어떤 무리죠?" 섹시하기로 유명한 로즈의 질문이었다.

"나를 공격한 자들 얘기는 내일밤 해줄게." 브로디 선생이 대답했다. "하지만 걱정할 건 없어, 성공하지 못할 테니."

"물론이죠." 모두가 대답했다. "당연히 성공할 리 없죠."

"내 전성기 동안은 있을 수 없는 일이야." 브로디 선생이 말했다. "내 전성기는 아직 끝나지 않았으니까. 자신의 전성기가 언제인지 아는 건 중요한 일이야. 그 사실을 잊지 말도록. 전차가 왔군. 자리에 앉지는 못하겠지. 지금은 1936년이니까. 기사도의 시대는 끝났지."

육 년 전, 브로디 선생은 역사 수업 시간에 새로 맡은 학생들을 데리고 교정의 커다란 느릅나무 밑으로 향했다. 복도를 걷던 그들은 교장의 집무실을 지나쳤다. 문이 활짝 열려 있었고 방에는 아무도 없었다.

"여러분," 브로디 선생이 말했다. "이리 와서 이걸 봐요."

브로디 선생이 방안 맞은편 벽에 압정으로 꽂아둔 커다란 포스터를 가리키자 소녀들이 열린 문 주위로 옹기종기 둘러섰다. 포스터에는 남자 얼굴이 크게 그려져 있고 그 아래로 '안전제일'이라는 표어가 쓰여 있었다.

"오래전 수상이었다가 얼마 안 돼 은퇴한 스탠리 볼드윈이에요." 브로디 선생이 설명했다. "매카이 교장이 벽에 저걸 붙여놓은 건 '안전제일'이라는 표어를 믿기 때문이겠지. 하지만 제일 중요한 건 안전이 아니에요. 선善, 진眞, 미美가 최우선이지. 날 따라와요."

소녀들이 브로디 선생과 다른 선생들 간의 차이를 짐작하게 된 첫번째 경험이었다. 사실 그들 중 몇에게는 똑같이 권위 있는 성인으로만 보이던 사람들 사이에도 차이가 있을 수 있음을 깨닫게 된 첫 경험이기도 했다. 이런 생각을 하면서, 희미한 대립의 기미를 감지한 데서 오는 희열을 느끼며, 두려움도 없이, 그들은 이 위험한 브로디 선생을 따라 안전한 느릅나무 그늘 속으로 들어섰다.

그 눈부셨던 가을, 날씨가 허락할 때면 소녀들은 종종 느릅나무 주위에 놓인 세 개의 벤치에 앉아 수업을 듣곤 했다.

"책을 들도록 해요." 그해 가을 브로디 선생은 대단히 자주 이렇게 말했다. "불청객이 올 때를 대비해서 책을 세워들어요. 불청객이 오면, 우리는 역사…… 시…… 영문법 수업을 하는 거야."

소녀들은 책을 세워들었고 눈으로는 책이 아니라 브로디 선생을 보고 있었다.

"그럼 지난여름 이집트에서 보낸 휴가 얘기를 해주도록 하지…… 피부와 손을 가꾸는 법에다…… 그리고 비아리츠로 가는 기차에서 만난 프랑스 남자에 대해서도 얘기해줄 거예요…… 또 내가 본 이탈리아 그림들 이야기도 빼놓을 수 없지. 가장 위대한 이탈리아 화가는 누구지?"

"레오나르도 다빈치요, 브로디 선생님."

"틀렸어요. 정답은 조토야. 내가 제일 좋아하는 화가지."

어느 날인가 샌디는 브로디 선생의 가슴이 굴곡 없이 평평하다고, 자기 등만큼 납작하다고 생각했다. 그러나 또 어떤 날에는 그녀의 가슴이 눈에 띄게 크고 두드러져 보였고 그런 때면 샌디는 의자에 앉아 작디작은 눈으로, 갈색 머리를 높이 들고 허리를 꼿꼿이 세운 채 잔 다르크처럼 창문 밖을 응시하며 실내 수업을 진행하는 브로디 선생의 가슴을 뚫어져라 보곤 했다.

"여러 번 말했지만, 이번 여름휴가 후 난 내 전성기가 진짜로 시작되었다는 걸 확신하게 되었어요. 전성기는 알아채기 쉽지 않아요, 여러분. 나이가 들면 언제 시작될지 모를 전성기를 놓치지 않고 알아챌 수 있도록 늘 신경써야 해요. 그리고 그 시기를 완전하게 누려야 하고. 메리, 책상 밑에 있는 게 뭐지? 뭘 보고 있는 거야?"

메리는 바보처럼 앉아 있었다. 둘러댈 말을 생각하기엔 너무 아둔했다. 너무 멍청해 거짓말도 할 줄 몰랐고, 변명거리도 생각해낼 줄 몰랐다.

"재미있는 거요." 메리가 대답했다.

"희극이나 광대라도 보고 있었다는 말이니?"

모두가 소리 죽여 킥킥거리기 시작했다.

"만화책요." 메리가 대답했다.

"만화책이라, 맙소사, 몇 살이지, 메리?"

"열 살요, 선생님."

"열 살이면 만화책을 읽기엔 나이가 너무 많아. 자, 나한테 주렴."

브로디 선생이 컬러로 인쇄된 책을 받아들고 살펴보았다. "타이거 팀스*라, 맙소사." 브로디 선생은 이렇게 말하고는 만화책을 쓰레기통에 던져버렸다. 모두의 눈이 만화책을 향하는 것을 보고 그녀는 쓰레기통에서 만화책을 집어올려 갈기갈기 찢은 다음 다시 넣었다.

"자, 모두 주목. 우리는 모두 전성기를 누리기 위해 태어난 거예요. 그리고 이제 내 전성기가 시작된 거지. 샌디, 주의가 산만하구나. 내가 무슨 이야길 하고 있었지?"

---

* 말썽꾸러기 호랑이가 주인공인 아동용 만화.

"선생님의 전성기요."

"수업중에 말이지," 브로디 선생이 말했다. "누구라도 나타나면, 우린 영문법 수업중이라는 걸 잊지 말도록 해. 그럼 내가 지금보다 젊었을 때, 그래도 그 남자보다 여섯 살 더 많았지만, 아무튼 그 시절 이야기를 해주지."

브로디 선생은 느릅나무에 기대섰다. 약한 바람에 나뭇잎이 떨어지던 가을의 마지막 날들 중 하루였다. 나뭇잎이 소녀들 위로 떨어졌고, 그 덕에 머리며 허벅지에 떨어진 나뭇잎을 털어내느라 부스럭대며 움직일 구실이 생겨 소녀들은 기뻐했다.

"농익은 열매와 안개의 계절이군. 전쟁이 시작될 무렵 난 한 청년과 약혼했는데 그가 플랑드르 전투에서 전사하고 말았어." 브로디 선생이 말했다. "샌디, 한바탕 씻기라도 할 생각이니?"

"아뇨, 선생님."

"소매를 걷어올리고 있잖니. 날씨가 아무리 좋아도 블라우스 소매를 걷어올리는 학생을 가르칠 마음은 없어요. 즉시 다시 내리도록. 우린 교양인이니까. 그는 휴전이 선포되기 일주일 전에 전사했지. 겨우 스물두 살이었는데 가을 낙엽처럼 스러졌어. 교실로 돌아가면 지도에서 플랑드르를, 그리고 여러분이 태어나기도 전에 내 연인이 전사한 지점을 같이 보도록 하지. 그는 가난했어. 에어셔에서 온 시골 사람이었지만 부지런하고 머리 좋은 모범생이었어. 청혼을 하면서 그가 말하더군. '우린 물을 마시고 천천히 걸어야 할 거예요.' 조용한 삶을 살게 될 거라는 걸 휴 나름대로 시골 사람답게 표현한 거지. 물을 마시고, 천천히 걸어야 할 거라고. 로즈, 그 말이 의미하는 바가 뭐라고?"

"조용한 삶을 살게 될 거라는 걸 의미합니다, 선생님." 육 년 뒤 성적 매력으로 유명해질 로즈 스탠리가 대답했다.

전장에서 스러진 브로디 선생의 약혼자 이야기가 한창일 때 잔디를 가로질러 무리를 향해 오는 매카이 교장의 모습이 보였다. 돼지눈같이 작은 샌디의 눈은 이미 촉촉해지기 시작했고, 샌디의 눈물이 이후 미모로 유명해질 제니에게 영향을 미쳐 제니도 훌쩍이며 손수건을 찾느라 바지를 더듬고 있었다. "휴는 죽었어요." 브로디 선생이 말했다. "휴전 일주일 전에. 그뒤 총선에서 사람들은 '카이저의 목을 매달아라!' 하고 소리를 질렀지. 휴는 무덤에 누워 있는 전장의 꽃 중 하나야." 로즈 스탠리는 이제 흐느끼기 시작했다. 젖은 눈으로 고개를 돌리던 샌디가 머리와 어깨를 앞으로 구부리고 잔디를 가로질러 걸어오는 매카이 교장의 모습을 보았다.

"뭘 하는지 보러 들렀어요, 오래 있진 않을 겁니다." 교장이 말했다. "여러분, 대체 왜 울고 있는 거죠?"

"제가 해준 이야기에 감동을 받아서 그렇습니다. 역사 수업중이었거든요." 브로디 선생이 대답하며 떨어지는 나뭇잎을 얌전히 손으로 받았다.

"열 살이나 된 소녀들이 이야기를 듣고 울다니!" 여전히 휴 이야기의 감동에서 벗어나지 못한 채 어수선하게 벤치에서 일어나 서 있던 소녀들을 향해 교장이 말했다. "뭘 하고 있는지 보러 잠시 들른 것뿐이에요. 이제 가봐야겠군요. 여러분, 새 학기가 시작되었어요. 멋진 여름 방학을 보냈기를 바라고, 방학을 어떻게 보냈는지에 대한 여러분의 훌륭한 작문을 곧 읽을 수 있었으면 좋겠군요. 열 살인데 이야기를 듣고 울다니, 안 될 말이에요, 세상에!"

"잘했어요." 매카이 교장이 떠나자 브로디 선생이 말했다. "교장이 물었을 때 대답하지 않은 것 말이에요. 곤란한 상황에서 옳든 그르든 아무 말도 않는 것은 바람직한 처신이지요. 웅변이 은이라면 침묵은 금이니까. 메리, 듣고 있니? 내가 지금 뭐라고 했지?"

눈, 코, 입이 그려진 눈사람처럼 우두커니 있던 메리 맥그레거, 이후 아둔함으로 유명해진, 언제나 욕을 먹던, 스물세 살의 나이에 호텔 화재로 죽게 될 메리 맥그레거가 용기를 내 대답했다. "금요."

"뭐가 금이라고 했지?"

메리가 주위를 한번 둘러보더니 하늘을 보았다. 샌디가 속삭였다. "낙엽."

"낙엽요." 메리가 대답했다.

"확실히," 브로디 선생이 대답했다. "내 말을 듣고 있지 않았구나. 내 말을 듣기만 하면, 여러분을 크림 중의 크림으로 만들어줄 텐데도."

2장

스물네 살도 되기 전에 죽긴 했지만 메리 맥그레거는 진 브로디가 동료 교사들에게 결코 마음을 열지 않았으며 그녀의 사랑 이야기를 들은 사람은 제자인 자신들뿐이라는 사실을 깨닫지 못했다. 2차대전이 발발하고 일 년 뒤, 메리는 여군으로 해군에 입대했는데, 엄벙덤벙 실수투성이에다 욕을 먹느라 바쁜 나머지 진 브로디를 떠올린 적은 거의 없었다. 물론 그녀를 미워한 일도 없었다. 정말 비참했던 어느 날—처음이자 마지막 남자친구로 이 주간 사귀었던 한 상병이 약속 장소에 나오지 않고 다시는 근처에도 오지 않으면서 그녀를 외면했을 때—메리는 자신의 삶에서 정말 행복했던 때가 있었는지 과거를 돌이켜보았다. 브로디 선생을 처음 만난 그해, 일상적인 세계와 아무 관련이 없는 온갖 이야기와 의견을 들으며 앉아 있던 그때가 가장 행복한 순간이었다는 생각이 들었다. 그 추억을 잠깐 떠올린 뒤 브로디 선생을 다시 생각한 일은 없었고 비참한 마음을 수습한 후 컴벌랜드에서 휴가를 보내다가 호텔 화재로 죽기 전까지 예의 아둔하고 실수투성이인 삶을 계속했다. 메리 맥그레거는 연기가 가득한 복도를 이리저리 뛰었다. 한쪽으로 갔다가 돌아서서 다시 다른 쪽으로. 그러나 어느 쪽으로 가도 무시무시한 화염이 그녀를 막아섰다. 포효하는 불길이 소리를 모두 집어삼켜서 비명소리조차 들리지 않았다. 연기에 숨이 막혀 메리도 비명을 지르지 못했다. 세번째로 다시 몸을 돌려 달리던 중 그녀는 누군가와 부딪쳐 비틀거리다 죽었다. 그러나 1930년 초, 열 살이던 메리 맥그레거는 브로디 무리 가운데 멍한 표정으로 앉아 있었다. "바닥에 잉크를 쏟은 게 누구지? 너니, 메리?"

"모르겠는데요, 선생님."

"장담하는데, 네가 그런 게 틀림없어. 너처럼 조심성 없는 애는 정말 처음이야. 그리고 내 이야기에 관심이 없어도 제발 그런 척이라도 좀 하려무나."

이런 날들이 바로 메리 맥그레거가 과거를 회상하며 평생 가장 행복했던 순간이라고 생각한 나날이다.

샌디 스트레인저는 이미 이 시절이 자신의 삶에서 가장 행복한 날들이 되리라는 사실을 감지하고 있었고, 열 살이 되던 생일날, 차를 마시러 집에 온 단짝 친구 제니 그레이에게 그 생각을 털어놓았다. 만찬의 특식은 네모나게 썰어 크림을 곁들인 파인애플이었고, 생일날의 특별대우는 둘이서만 시간을 보낼 수 있는 것이었다. 낯선 파인애플이 고유한 맛과 행복의 모양새를 가지고 있는 것처럼 느껴져서 샌디는 스푼으로 뜨기 전 작디작은 눈으로 창백한 황금색을 띤 정육면체 과육을 주의깊게 바라보았고, 혀를 감싸는 날카로운 과육의 이 맛이야말로 먹는다는 행위와 무관할 뿐 아니라 의식 없이 즐기는 놀이의 기쁨과도 다른 특별한 행복의 맛이라고 생각했다. 둘 다 크림은 아껴두었다가 마지막에 스푼 가득 떠서 먹었다.

"여러분, 여러분은 크림 중의 크림이 될 거예요." 샌디가 말하자 제니는 손수건에 크림을 푸푸 튀기며 웃었다.

"너도 알지." 샌디가 말을 꺼냈다. "지금이 우리 삶에서 가장 행복한 날이 될 거라는 걸."

"응, 다들 그러잖아." 제니가 대답했다. "나중에 뭐가 기다리고 있을지 모르니까 학창시절을 최대한 즐기라고, 그렇게들 말하지."

"브로디 선생님은 전성기가 최고의 시기라고 하잖아." 샌디가 말했다.

"응, 하지만 선생님은 우리 엄마 아빠처럼 결혼을 하진 않지."

"엄마 아빠에게 전성기 같은 건 없어." 샌디가 대답했다.

"엄마 아빠는 섹스를 하지." 제니가 덧붙였다.

두 소녀는 잠시 아무 말도 하지 않았다. 섹스란 아직 그들에게 부담스러운 단어이자 최근에야 눈뜨기 시작한 주제였으며, 그 단어 자체와 의미가 여전히 낯설었기 때문이다. 섹스는 정말 신기한 일이었다. 샌디가 말을 이었다. "로이드 선생님 아기가 지난주에 태어났잖아. 부인이랑 섹스를 한 게 틀림없어." 이건 한결 반응하기가 쉬웠고 그들은 분홍색 종이 냅킨으로 입을 막은 채 비명이라도 지르듯 웃음을 터뜨렸다. 로이드는 중등부 미술 선생이었다.

"그 장면을 상상할 수 있겠어?" 제니가 속삭였다.

샌디는 그 장면을 상상해보려고 안 그래도 작은 눈을 더 작게 찌푸렸다. "잠옷을 입고 했을 거야." 샌디가 대답했다.

소녀들은 외팔의 로이드가 근엄한 표정으로 도도하게 학교로 걸어 들어가는 모습을 생각하며 신이 나서 데굴데굴 굴렀다.

다시 제니가 말했다. "딱 그 순간이 왔을 때 하는 거야. 그래야 일이 되는 거라고."

제니의 정보는 믿을 만한 것이었다. 제니 아빠의 식료품 가게에서 일하는 여자애 하나가 최근 임신을 했고, 그 사실이 밝혀진 이후 일어난 일대 소란 속에서 이런저런 이야기를 제법 주워들었기 때문이다. 자신이 알게 된 사실을 샌디에게 털어놓은 뒤, 두 소녀는 몰래 엿들은 대화들을 재구성해 단서를 꿰맞추고, 큰 사전을 뒤져 찾아낸 설명으로 살을 붙여가는, 그들이 '연구'라고 부르는 일련의 작업에 착수했다.

"모든 일이 눈 깜짝할 새에 벌어져." 제니가 말했다. "남자친구랑 퍼도키를 거닐다가 갑자기 티니에게 그 일이 벌어진 거지. 그다음엔 결혼을 해야만 해."

"티니가 옷을 벗을 때쯤엔 하고 싶은 마음이 벌써 사라지지 않았을까." 샌디가 말했다. 샌디가 '옷'이라고 한 건 사실 속바지였지만, 이런 학구적 대화에서 '속바지'라는 단어를 쓰는 건 무례한 일이었다.

"응, 나도 그 부분이 이해가 안 가." 제니가 대답했다.

샌디의 엄마가 문 근처로 와 물었다. "재미있게 놀고 있니, 아가?" 그녀의 어깨 너머로 제니 엄마의 머리가 보였다. "세상에," 제니 엄마가 식탁을 보며 말했다. "아주 실컷 먹었구나!"

샌디는 그 말에 짜증이 치밀고 모욕감을 느꼈다. 마치 이 자리가 음식을 먹기 위한 것인 듯 여겨졌기 때문이다.

"이제 뭐할 거니?" 샌디 엄마가 물었다.

샌디가 엄마에게 은밀히 분노의 눈빛을 보냈다. 우리끼리 놀게 해준다고 약속했잖아요. 약속은 약속이에요. 어린애한테 한 약속을 깨는 일이 얼마나 나쁜지 알잖아요. 엄마가 약속을 어긴 일이 내 인생 전체를 망칠 수도 있어요. 오늘은 내 생일이라고요.

샌디 엄마가 제니 엄마를 데리고 방을 나갔다. "자기들끼리 놀게 두죠." 그녀가 말했다. "재미있게 놀아라, 아가."

잉글랜드 출신인 엄마가, 에든버러 출신의 다른 엄마들처럼 자기를 '우리 애'라고 부르지 않고 '아가'라고 부르는 것이 샌디는 가끔 부끄러웠다. 다른 엄마들은 트위드 코트를 입거나 기껏해야 사향쥐 모피 코트만으로 충분히 겨울을 나는데, 엄마는 요크 공작부인처럼 탐스러운 여우털로 깃을 댄 화려한 겨울 코트를 입었다.

계속 비가 내려 땅이 질척했기 때문에 지구 반대편까지 구멍을 파는 일을 하기는 어려워서 소녀들은 한바탕 먹고 남은 음식이 놓인 찻상을 그대로 들어 방구석으로 옮겼다. 샌디가 피아노 의자 뚜껑을 열고 두 개의 악보 뭉치 사이에서 공책을 꺼냈다. 공책 첫번째 장에는 이렇게 적혀 있었다.

이리산

샌디 스트레인저와 제니 그레이 지음

브로디 선생의 연인 휴 캐러더스에 대한 이야기로 글은 아직 한창 진행중이었다. 그는 전장에서 죽지 않았고 잘못된 전보가 배달되었을 뿐이었다. 전쟁에서 돌아온 그는 학교로 브로디 선생을 찾아왔는데, 학교에서 그가 처음 마주친 사람은 매카이 교장이었다. 교장은 그에게 브로디 선생이 다른 사람을 사랑하고 있으며 그를 다시 만나고 싶어하지 않는다고 말한다. 휴는 비통하게 웃으며 이리산으로 들어가 살기 시작하고 어느 날 샌디와 제니가 가죽 재킷을 입은 그를 발견한다. 글은 휴가 샌디를 포로로 잡고 있는 상황, 제니는 밤에 몰래 도망쳐나와 어둠 속에서 산 아래로 내려갈 길을 찾는 상황까지 진행돼 있었다. 휴는 제니를 쫓으려고 준비하고 있었다.

샌디가 서랍에서 연필을 꺼내 이야기를 이어갔다.

"휴!" 샌디가 애원했다. "성스러운 모든 것을 걸고 맹세컨대 브로디 선생님은 결코 다른 사람을 사랑한 적이 없고 자신의 전성기에 저 밑에서 당신만을 기다리며 기도하고 간구하고 있다고요. 제니를 가게 두면 그애가 당신이 사랑하는 브로디 선생님을 당신에게 데리고 올 거예요. 당신은 마침내 십이 년과 하루라는 긴 시간 후, 당신의 두 눈으로 그녀를 보고 당신의 두 팔로 그녀를 안을 수 있게 될 거라고요."

움막 안 램프 불빛에 그의 검은 눈동자가 반짝였다. "물러서!" 그가 소리쳤다. "길을 막지 마. 저 어린애가 나를 능멸한 과거의 약혼녀에게 내 은신처를 말하게 내버려두란 말이냐? 너희 둘 다 날 비웃고 조롱하기 위해 그녀가 보낸 스파이가 아니란 걸 내가 어떻게 믿지? 문에서 비키라고 했지!"

"안 돼요!" 샌디가 여린 몸으로 걸쇠를 결연히 가로막고 팔로 빗장을 가리며 외쳤다. 그녀의 커다란 눈망울이 애원하듯 푸르게 반짝였다.

샌디가 제니에게 연필을 넘겼다. "네 차례야." 샌디가 말했다.

제니가 이어서 쓰기 시작했다. 휴는 한 손으로 샌디를 움막 구석으로 밀쳐버린 뒤 달빛 속으로 성큼성큼 걸어나갔고, 그가 걸음을 옮길 때마다 눈가루가 흩어져 반짝거렸다.

"부츠에 대해 좀더 써." 샌디가 끼어들었다.

제니가 이어 썼다. 긴 부츠가 달빛에 번뜩였다.

"달빛이 너무 많아." 샌디가 말했다. "하지만 그런 건 나중에 출판할 때 고치면 되겠지."

"하지만 샌디, 이건 비밀이잖아!" 제니가 말했다.

"알아." 샌디가 대답했다. "걱정 마, 우리 전성기가 올 때까지는 출판하지 않을 거니까."

"브로디 선생님 말야, 휴랑 섹스를 했을까?" 제니가 물었다.

"그럼 아기가 생겼겠지, 안 그래?"

"모르겠어."

"두 사람은 그런 짓은 안 했을 것 같아." 샌디가 말했다. "두 사람의 사랑은 그보다 높은 차원이었을 거야."

"브로디 선생님이, 휴의 마지막 휴가 때 두 사람이 모든 걸 잊고 열정적으로 서로를 끌어안았다고 했잖아."

"그래도 옷은 벗지 않았을 거야." 샌디가 대답했다. "넌 벗었을 거라고 생각해?"

"아니, 나도 안 그랬을 것 같아." 제니의 대답이었다.

"난 섹스는 하고 싶지 않아." 샌디가 덧붙였다.

"나도. 난 순결한 사람하고 결혼할 거야."

"토피 사탕 먹자."

둘은 카펫에 앉아 토피 사탕을 먹었다. 샌디가 벽난로에 석탄을 조금 넣자 불길이 확 일어나며 제니의 곱슬머리에 반사되었다. "할로윈 때 했던 것처럼 화로 옆의 마녀가 되자."

둘은 석양 속에 앉아 토피 사탕을 먹으며 마녀의 주문을 외웠다. 제니가 말했다. "박물관에 발가벗은 그리스 신 조각상이 있더라. 지난 일요일 오후에 봤는데 케이트 이모랑 간 거여서 제대로 볼 수는 없었어."

"다음 일요일에 그 박물관에 가자." 샌디가 대답했다. "연구하러."

"우리끼리 가도록 허락해주실까?"

어른과 함께가 아니면 절대로 외출 허락을 받을 수 없다고 소문난 샌디가 대답했다. "안 될 거야. 데려가줄 사람이 있어야 할걸."

"브로디 선생님한테 부탁해보자."

브로디 선생은 종종 학생들을 미술관이나 박물관에 데려가곤 했기 때문에 그럴듯한 제안이었다.

"근데 있잖아," 샌디가 말했다. "나체라고 조각상을 못 보게 하면 어쩌지?"

"나체라는 건 신경도 안 쓰실걸." 제니가 대답했다. "그냥 거기만 안 보려고 하실 것 같아."

"맞아." 샌디의 말이었다. "브로디 선생님은 그런 저급한 사람이 아니니까.”

이제 제니가 엄마와 함께 전차를 타고 귀신이라도 나올 것 같은 11월 에든버러의 석양 속에 딘 다리를 건너 집으로 가야 할 시간이었다. 창문에서 손을 흔들며 샌디는 제니도 자기처럼 백만장자라도 마다할 각종 문제들이 산적한 이중생활을 하고 있을까 생각해보았다. 백만장자가 이중생활을 한다는 것은 잘 알려진 사실 아닌가. 석간신문이 방울뱀처럼 소리를 내며 우편함 속으로 미끄러져 들어오자 집안에 일순 오후 여섯시의 분위기가 감돌았다.

세시 사십오분, 하교 전 학생들의 정신을 고양하기 위해 브로디 선생은 시를 낭독해주었다. 눈을 반쯤 감고 머리는 뒤로 젖히고 있었다.

거센 동풍이 기승을 부리고
창백한 노란 숲이 기울었지
불어난 물결 강둑에 거세게 부딪치고
낮은 하늘 무겁게 비를 쏟네
캐멀롯의 탑 위로.

샌디는 입술을 다물고 눈을 찌푸려 더 작게 만든 뒤 옅은색 작은 눈동자로 브로디 선생을 바라보았다.

로즈 스탠리는 체육복 윗도리 밑단에서 실오라기를 잡아 뜯고 있었다. 제니는 입을 벌리고 시에 완전히 몰두해 있었는데, 그애는 결코 지루해하는 법이 없었다. 샌디는 지루해지면 꼭 지루함을 느끼지 않기 위해 자기만의 이중생활을 영위하곤 했다.

밑으로 내려온 그녀 배 한 척을 발견했네
버드나무 아래 떠 있는,
뱃머리 둘레에 그녀는 적었네
샬롯의 여인.

'이 귀부인은 대체 뭘로 글을 쓴 걸까?' 입술을 앙다물며 샌디는 생각했다.

"어찌된 일인지 풀밭 가장자리에 흰색 페인트 통과 붓이 하나 있더구나." 샬롯의 여인이 우아하게 대답했다. "보나마나 조심성 없는 실업자연맹 회원 중 하나가 두고 간 거겠지."

'저런, 그래도 그렇게 비가 오는데!' 딱히 대답할 말이 떠오르지 않아 샌디가 이렇게 대꾸하는 사이 브로디 선생의 목소리는 천장까지 날아올라 위층 중등반 소녀들의 발밑을 맴돌았다.

샬롯의 여인은 하얀 손을 샌디의 어깨에 얹더니 잠시 그녀를 응시했다. "저렇게 젊고 아름다운데 그토록 불운한 사랑을 하다니!" 낮고 슬픈 목소리였다.

'그게 대체 무슨 뜻이죠?' 샌디가 놀라 소리쳤는데, 작은 눈을 더욱 찌푸리고 입은 꽉 다문 채였다.

"샌디, 어디 아프니?" 브로디 선생이 물었다.

샌디가 놀란 표정을 지었다.

"여러분 같은 소녀들은," 브로디 선생이 말을 이었다. "평온한 표정을 유지하는 법을 배워야 해요. 예쁘든 밉든 간에, 평온한 표정은 여성의 제일가는 자산 중 하나니까. 저기 걸린 모나리자 그림을 보도록!"

브로디 선생이 이탈리아 여행에서 사와 핀으로 벽에 꽂아둔 모나리자 복제화를 보기 위해 모두 고개를 돌렸다. 전성기의 모나리자는 막 치과를 다녀와 아래턱이 부어 있는데도 꿋꿋이 평온한 미소를 짓고 있었다.

"그녀는 자기가 앉아 있는 바위보다도 나이가 많아요. 일곱 살때부터 여러분을 맡았으면 얼마나 좋았을까. 가끔 이젠 너무 늦은 것이 아닐까 하는 두려움을 느껴요. 여러분이 일곱 살일 때 내가 여러분을 맡았다면 크림 중의 크림으로 만들어주었을 텐데. 샌디, 이리 나와서 시를 몇 연 읽어주렴, 네 모음 소리를 우리가 들을 수 있도록."

절반은 잉글랜드의 피가 흐르는 샌디는 완벽한 모음 소리를 낼 수 있었고 그것이 그애의 유일한 명성이었다. 아직 로즈 스탠리가 섹스로 유명해지기 전이어서 "뱃속에 든 아기가 뛰놀았다"라는 구절을 짚은 채 성경을 들고 샌디와 제니에게 다가온 사람은 로즈가 아니라 유니스 가드너였다. 샌디와 제니는 유니스에게 더럽다며, 일러바치겠다고 으름장을 놓았다. 제니는 이미 미모로 명성을 얻고 있었고 목소리 역시 아름다워서 수업을 하러 들어온 음악 선생 로더는 "이리 와 황금빛 봄 행진을 보아라……" 하고 노래를 부르는 제니를 감탄하며 바라보았다. 그는 제니의 곱슬머리를 잡아당기곤 했는데 브로디 선생이 언제나 참관하는 음악 시간에는 더욱 대담하게 그런 장난을 했다. 제니의 곱슬머리를 잡아당긴 다음에 그는 마치 장난질을 과시하는 아이처럼, 혹은 에든버러 출신답지 않은 이런 장난에 가담하지 않겠느냐고 떠보기라도 하듯 브로디 선생을 쳐다보았다.

로더 선생은 작은 체구에 상체가 길고 다리가 짧았다. 머리카락과 콧수염은 붉은빛을 띤 금색이었다. 그는 소리를 평가하기 위해 손을 둥글게 말아 귀 뒤에 대고는, 소녀들 한 명 한 명에게 귀를 들이밀며 말했다. "아! 하고 노래해봐요."

"아!" 제니는 마치 샌디가 이야기하곤 했던 헤브리디스제도의 인어처럼 높고 맑은 소리로 노래했다. 그러나 그녀의 눈동자는 샌디를 찾아 두리번거리고 있었다.

브로디 선생이 학생들을 음악실에서 데리고 나가 자기 주위로 모이게 한 뒤 말했다. "여러분은 내 소명이에요. 스코틀랜드 문장원 장관이 내일 청혼을 한다 해도 난 거절할 거예요. 내 전성기를 여러분에게 바칠 생각이니까. 자, 이제 한 줄로 서서 당당한 여인 시빌 손다이크*처럼 고개를 높이, 높이 들고 걷도록."

샌디는 고개를 뒤로 젖혀 주근깨로 덮인 코를 쳐들고 돼지같이 작은 눈으로 천장을 보며 행렬을 따라 걸었다.

"샌디, 뭘 하는 거지?"

"시빌 손다이크처럼 걷고 있는데요, 선생님."

"샌디, 언젠가 넌 선을 넘고 말 거야."

샌디는 그 말에 상처를 입고 당황한 것 같았다.

"그래." 브로디 선생이 계속했다. "샌디, 내가 널 죽 지켜봤지. 너에겐 경박한 면이 있어. 넌 결코 엘리트, 혹은 크림 중의 크림이 될 수 없

---

* 영국의 배우. 아흔셋의 나이로 죽기 전까지 활발히 활동했다.

을 거야."

일행이 교실로 돌아왔을 때 로즈 스탠리가 말했다. "블라우스에 잉크가 묻었어요."

"과학실에 가서 얼룩을 지우고 와요. 하지만 실크엔 그런 약품이 몹시 해롭다는 걸 기억하도록."

때로 소녀들은 중등부 과학실에 가기 위해 일부러 실크 블라우스 소매에 작은 잉크 얼룩을 만들었다. 과학실에는 하얀 가운을 입은 신비로운 록하트 선생이 있었는데, 그녀는 골프를 쳐서 그을린 얼굴 뒤로 짧은 회색 머리카락을 찰랑 늘어뜨린 채 커다란 단지에 든 하얀 액체를 탈지면 조각에 몇 방울 떨어뜨렸다. 그러고는 말없이 여학생의 팔을 잡고 무척 열중한 모습으로 소매에 묻은 잉크 얼룩을 두드려 빼주었다. 로즈는 단지 지루하다는 이유로 블라우스에 잉크 얼룩을 만들어 그곳에 가곤 했지만, 샌디와 제니는 기묘한 냄새가 나는 그 방에서 어디로 움직이든 주위에 서너 뼘의 순수한 공기를 몰고 다니는 것 같은 록하트 선생에게 팔목을 잡히기 위해, 적당히 사 주쯤 간격을 두고 블라우스에 잉크를 묻히곤 했다. 이 기다란 방은 록하트 선생만의 영역이었다. 겹주름 트위드 치마를 입은 모습으로 여느 선생처럼 학교에서 나와 스포츠카로 걸어가는 록하트 선생의 모습을 볼 때면 샌디는 선생에게 무언가 결여되어 있다고 생각했다. 과학실에서 색색의 결정과 황토색, 청동색, 은회색, 암청색 액체 및 가루로 반쯤 찬 단지들, 둥글납작하거나 긴 주둥이가 달린 기이한 형태의 유리병들이 놓인 세 열의 기다란 실험대에 둘러싸여 있을 때의 록하트 선생은 샌디에게 뭔가 다른 존재였다. 딱 한 번 샌디는 수업이 진행중일 때 과학실에 간 적이 있었다. 나이가 더 많은 소녀들, 더 크고 더러 가슴이 나오기도 한 소녀들이 둘씩 짝을 지어 가스버너가 타는 실험대 앞에 서 있었다. 소녀들은 손에 녹색 액체가 든 유리관을 들고 번쩍이는 불속에서 흔들었고, 실험대를 따라 흔들리는 열두어 개의 녹색 유리관과 불꽃이 있었다. 벌거벗은 겨울나무의 제일 위쪽 가지들이 이 기다란 방의 창문을 쓸어댔고 그 너머로 차가운 겨울하늘에 떠 있는 거대한 붉은 해가 보였다. 그 순간 샌디는 이 시절이 인생에서 가장 행복한 순간이 되리라고 생각했으며, 제니에게 돌아와 중등부 생활이야말로 근사할 테고 록하트 선생은 아름답다는, 혼자만 알고 있을 수 없는 소식을 전했다.

"과학실에 있는 언니들은 다 자기가 하고 싶은 대로 하고 있었어." 샌디가 말했다. "그게 그 언니들이 해야 할 일이기도 했고."

"브로디 선생님 시간에는 우리도 하고 싶은 대로 많이 하잖아." 제니가 대답했다. "우리 엄마는 브로디 선생님이 우리에게 지나치게 자유를 준다고 그러시는걸."

"브로디 선생님이 할 일은 수업을 하는 거지, 자유를 주는 게 아니니까." 샌디가 대답했다. "하지만 과학 수업은 자유를 주도록, 처음부터 그렇게 되어 있다니까."

"아무튼 난 브로디 선생님 반에 있는 게 좋아." 제니의 대답이었다.

"나도 그래." 샌디가 말했다. "엄마 말로는 브로디 선생님이 우리 상식을 풍부하게 하는 데 관심이 있는 것 같대."

어찌 됐든 과학실 방문은 샌디의 가장 비밀스러운 기쁨이어서, 일부러 잉크 얼룩을 만든다는 사실을 브로디 선생이 눈치채지 못하도록, 하나의 잉크 얼룩과 그다음 얼룩 사이의 기간을 조정하는 데 신중을 기했다. 록하트 선생이 그녀의 팔을 잡고 조심스럽게 소매의 얼룩을 두드려 지우는 동안 샌디는 과학 선생에게 정당하게 주어진 공간인 이 기다란 방, 그리고 그곳에 있는 모든 것의 합당한 매력에 마음을 빼앗긴 채 서 있곤 했다. 음악 수업이 끝나고 로즈 스탠리가 소매에 묻은 잉크를 지우기 위해 과학실로 간 그날, 브로디 선생은 반 학생들에게 말했다.

"잉크를 사용할 때 더 조심하도록 해요. 내 학생들이 과학실을 이렇게 드나들게 할 수는 없으니까. 평판이 나빠지면 안 되잖아요."

그리고 선생은 덧붙였다. "예술은 과학보다 위대해요. 예술이 최우선이고, 과학은 그다음이에요."

지리 수업이 시작됐기 때문에 흑판에는 커다란 지도가 내려져 있었다. 브로디 선생은 알래스카가 어디 있는지 보여주려고 교편을 들고 몸을 돌렸다. 그러다 다시 한번 학생들을 향해 돌아서서는 이렇게 덧붙였다. "예술과 종교가 첫째예요. 그다음이 철학, 과학은 마지막이지. 이것이 삶의 위대한 연구주제의 순서예요, 중요도 순으로."

학생들이 브로디 선생과 보낸 이 년 중 첫번째 겨울이었다. 1931년으로 접어든 때였다. 브로디 선생은 이미 특별히 아끼는 아이들, 혹은 신뢰할 수 있는 학생들을 고른 뒤였다. 아니, 어쩌면 급진적이고 진보적인 자신의 교육 방침에 불평을 늘어놓지 않을 부모들, 불평을 하기엔 이미 충분히 계몽되었거나 너무 무지한, 혹은 기부금 보조를 받는 학교에서 딸을 교육시킬 수 있다는 행운이 황송할 뿐인, 그도 아니라면 평판 좋은 학교니 당연히 좋은 교육을 할 것이라고 순진하게 믿는 부모들을 고른 것인지도 모른다. 브로디 선생은 자신이 고른 학생들을 집으로 데려가 함께 차를 마셨고, 밖에 나가서 그들 사이의 일을 말하지 말라고 당부했다. 소녀들은 브로디 선생의 비밀 이야기를 들었으며 그녀의 사생활, 그리고 교장 및 교장의 협력자들과 브로디 선생 사이의 불화에 대해서도 알게 되었다. 소녀들은 또 브로디 선생이 자신들을 위해 어떤 직업적 난관에 봉착하게 되었는지도 들었다. "너희를 위한 거야—너희가 내 전성기의 영향을 받을 수 있도록." 브로디 무리는 이렇게 시작되었다. 유니스 가드너는 처음엔 너무 조용했기 때문에 브로디 선생이 왜 그녀를 무리에 넣은 건지 도대체 알 수 없었다. 그러나 이후 그애는 차 모임이 있을 때 카펫 위에서 재주를 넘으며 모두에게 오락과 휴식을 제공하는 광대 노릇을 하게 되었다. "넌 아리엘*이야." 브로디 선생이 말했다. 그러자 유니스는 재잘거리기 시작했다. 그러나 누가 뭐래도 브로디 선생은 뼛속까지 에든버러 출신 독신 여성이었기 때문에 일요일에는 재주를 넘을 수 없었다. 그래서 유니스 가드너는 토요일 오후 차 모임 전에 매트에서, 그리고 차 모임 후에 다른 소녀들이 설거지를 하고 찌그러진 벌집을 다시 찬장에 넣기 위해 건네며 손가락 끝에 묻은 꿀을 빨아먹는 동안 브로디 선생의 부엌 리놀륨 위에서 재주를 넘었다. 브로디 선생의 아파트에서 다리 찢기 묘기를 선보이던 그때로부터 이십팔 년이 지난 후 간호사가 되어 의사와 결혼한 유니스는 어느 날 저녁 남편에게 이렇게 말했다.

"내년에 축제에 가면—"

"응?"

---

* 공기의 정령. 셰익스피어의 『템페스트』에서 땅, 물, 불, 바람의 4대 원소 사이를 자유롭게 날아다니는 존재로 묘사된다.

양모 깔개를 뜨던 유니스가 새로 한 땀을 뜨고 실을 잡아당겼다.

"응?" 남편이 물었다.

"에든버러에 가면 말이지," 유니스가 말을 이었다. "기억하고 있다가 거기 있을 동안 브로디 선생 무덤에 가봐야 한다고 말해줘."

"브로디 선생이 누군데?"

"내 선생님. 교양 넘치는 여자였지. 그 여자 자체가 에든버러 축제나 다름없었다고 할까. 자기 아파트에 불러 차를 내주고 전성기 이야기를 들려주곤 했어."

"무슨 전성기?"

"자기 인생의 전성기. 한번은 여행을 갔다가 이집트인 가이드에게 연정을 느끼고 돌아와 우리에게 그 이야기를 해준 적도 있었어. 몇 명 예뻐하는 아이들이 있었는데, 나도 그중 하나였지. 당신도 아는 다리 찢기 묘기로 그녀를 즐겁게 해줬거든."

"당신 성장 과정이 좀 특이하다는 건 늘 알고 있었지."

"하지만 미친 사람은 아니었어. 미치긴, 말짱했지. 자기가 뭘 하고 있는지 잘 알고 있었고. 연애 이야기도 전부 해줬거든."

"한번 들어보자."

"아, 긴 얘기야. 그냥 혼자 사는 여자였어. 무덤에 꽃을 가져가야겠네. 찾을 수나 있으려나."

"언제 죽었는데?"

"전쟁이 끝난 후 바로. 그땐 벌써 선생을 그만둔 뒤였어. 정년 전에 권고 사직을 당했는데 꽤 비극적인 사건이었지. 교장은 늘 그녀를 싫어했어. 브로디 선생의 사직에 대해선 이야기가 길어. 브로디 무리로 불리던 학생들 중 한 명에게 배신을 당했거든. 그게 누군지는 아직도 모르지만."

이제 브로디 선생이 모두 짙은 자주색 코트에 녹색과 흰색 장식이 달린 벨루어 모자를 쓴 무리를 데리고 에든버러 구시가지로 긴 산책을 나갔던 일에 대해 이야기를 해야겠다. 학교 중앙난방장치가 고장나는 바람에 브로디 무리를 제외한 학생들은 전부 코트를 단단히 껴입고 집으로 돌아간 3월의 어느 금요일이었다. 얼어붙은 포스강에서 바람이 불어왔고 하늘은 곧 쏟아질 눈을 머금은 구름으로 덮여 있었다. 제니가 집에 가고 없었기 때문에 샌디는 메리 맥그레거와 함께 걸었다. 이후 놀라운 암산능력과 다혈질로 유명해진 모니카 더글러스가 검붉은 얼굴에 넓적한 코, 검은 모자 밑으로 땋은 머리를 늘어뜨리고, 까만 울 스타킹을 신은 의족 같은 다리로 그들 뒤를 따라 걷고 있었다. 모니카 옆에는 아직 성적 매력으로 명성을 얻기 전인, 키가 크고 노란빛 도는 창백한 얼굴에 금발인 로즈 스탠리가 걷고 있었는데, 그때까지 그애의 화제는 온통 열차, 기중기, 자동차와 메카노 세트*, 그 밖에도 사내애나 관심을 가질 만한 것뿐이었다. 로즈는 엔진 작동이나 메카노 세트로 조립 가능한 것들에는 관심이 없었지만 자동차 이름이며 다양한 색깔, 제조사와 마력, 갖가지 메카노 세트의 가격은 꿰고 있었다. 활력이 넘쳐 나무와 벽을 기어오르기도 했다. 이런 이유로 11학년이 되었을 땐 말괄량이로 불리기도 했지만 그렇다고 그녀의 여성성이 크게 훼손된 것은 아니었으며, 오히려 미리 알고 준비라도 한 것처럼 이런 화제에

* 조립 완구의 상표명.

대한 로즈의 피상적인 지식은 몇 년 뒤 남자애들과의 관계에서 도움이 되었다.

로즈 옆에는 시빌 손다이크처럼 고개를 들고 매부리코를 당당히 치세운 브로디 선생이 걷고 있었다. 헐렁한 갈색 트위드 코트에 비버 모피 칼라의 단추를 단단히 채웠으며, 갈색 펠트 모자챙을 한쪽은 올리고 한쪽은 내려쓰고 있었다. 브로디 선생 뒤로 무리의 마지막 멤버, 이십팔 년 뒤 "그녀 무덤에 가봐야겠어"라며 브로디 선생을 회상할 유니스 가드너가 걷고 있었는데, 마치 보도에서 춤이라도 추듯 한 발짝을 뗄 때마다 폴짝폴짝 뛰는 통에 브로디 선생은 때때로 몸을 돌려 "유니스, 그만!"이라고 소리를 쳤고 때로는 그애의 짝이 되어주기 위해 걸음을 늦추었다.

『유괴』*를 읽고 있던 샌디는 책의 주인공 앨런 브렉과 이야기를 나누는 중이었고 마침 메리 맥그레거와 짝이 되어 기뻤다. 메리와는 말을 할 필요가 없었기 때문이다.

"메리, 샌디에게 살짝 말을 걸어봐."

"샌디는 나랑 말을 안 하려고 해." 이후 화염에 싸인 호텔에서 죽을 때까지 복도를 이리저리 뛰어다닐 메리가 대답했다.

"네가 너무 멍청하고 답답하게 구니까 샌디가 말을 안 하는 거야. 하다못해 상냥한 표정이라도 좀 지어보라니까."

"샌디, 당신이 이 쪽지를 저기 히스 너머에 있는 맥퍼슨 집에 전해줘야겠어요." 앨런 브렉이 말했다. "내 목숨과 사명 모두가 이 쪽지에 달

* 『보물섬』『지킬 박사와 하이드』 등을 쓴 스코틀랜드 작가 로버트 루이스 스티븐슨이 1886년 발표한 모험소설.

려 있어요."

"절대 실망시키지 않을게요, 앨런 브렉." 샌디가 대답했다. "절대로요."

"메리!" 뒤에서 브로디 선생이 소리쳤다. "샌디랑 좀 나란히 걸으면 안 되겠니, 뒤처지지 말고."

감동적일 정도로 열정과 감사를 표현하는 앨런 브렉의 모습에 고무되어 히스를 건너는 샌디의 걸음은 점점 빨라지고 있었다.

메리는 샌디와 보조를 맞추어 걸으려고 애썼다. 그들은 세찬 바람이 불어오는 넓은 공유지, 칙칙한 회색 하늘 아래 녹색으로 빛나는 메도스 공유지를 가로지르고 있었다. 목적지는 구시가지였는데 브로디 선생이 역사가 살아 숨쉬던 곳을 보아야 한다고 주장했기 때문이다. 구시가지에 가려면 메도스 공유지를 지나야 했다.

맨 뒤에서 짝 없이 걷던 유니스가 흥얼거리며 박자에 맞추어 한 발로 콩콩 뛰기 시작했다.

에든버러, 리스
포토벨로, 머슬버러
그리고 댈키스

유니스가 발을 바꾸었다.

에든버러, 리스……

브로디 선생이 몸을 돌려 그만두게 하고는 앞에 서서 이쪽으로 걸어

오는 한 인도인 학생을 뚫어져라 보고 있는 메리 맥그레거를 소리쳐 불렀다.

"메리, 좀 얌전히 걸으면 안 되겠니?"

"메리," 샌디가 말했다. "저 갈색 피부 남자 좀 그만 쳐다봐."

이런저런 타박을 들은 메리는 멍청한 얼굴로 샌디를 보더니 더 빨리 걸으려고 애를 썼다. 하지만 샌디의 걸음은 고르지 않았다. 앨런 브렉이 자기 목숨이 걸린 쪽지를 가지고 히스를 건너려는 샌디에게 노래를 불러주는 바람에, 앞으로 불쑥 나가는가 하면 잠깐씩 멈춰 서기도 했던 것이다. 그는 노래를 불렀다.

이것은 앨런의 검의 노래.
대장장이가 만들고,
불이 단련한 검,
이제 앨런 브렉의 손에서 빛나네.

그러더니 앨런 브렉이 샌디의 어깨를 치며 말했다. "샌디, 당신은 용감한 소녀예요, 왕의 친위대가 되기에도 부족함 없는 용기를 지니고 있지요."

"그렇게 빨리 가지 마." 메리가 웅얼거렸다.

"고개를 안 들고 걷잖아, 너." 샌디가 대꾸했다. "고개 들어, 들라고."

갑자기 샌디는 메리 맥그레거에게 잘해주고 싶다는 생각이 들었다. 윽지르지 말고 잘해주면 자기 기분이 좋아질 것 같아서였다. 뒤에서 브로디 선생이 로즈 스탠리에게 말하는 목소리가 들렸다. "너희는 미래의 여주인공이야. 영국이 여주인공들이 살기에 합당한 나라가 되어야 할 텐데. 국제연맹은……" 그 소리가 샌디에게 브로디 선생의 존재를 상기시켜 막 메리 맥그레거에게 친절한 말을 건네려던 충동을 눌러버렸다. 샌디는 일행을 돌아보았고 그들 모두가 브로디 선생을 머리로 하는 하나의 몸이라는 사실을 깨달았다. 마치 신이 그 목적을 위해 자신들을 창조하기라도 한 것처럼 자신과 그 자리에 없는 제니, 언제나 욕을 먹는 메리, 로즈, 유니스 그리고 모니카가 브로디 선생의 운명에 부수된 하나의 집체임을, 섬뜩한 찰나의 각성으로 깨달은 것이다.

샌디는 자신이 메리 맥그레거에게 잘해줄 마음을 먹었다는 데 더욱 섬뜩함을 느꼈는데, 만일 그런 짓을 했다면 무리에서 떨어져나가 외로워졌을 테고, 비록 대놓고 천덕꾸러기 취급을 당하긴 하지만 미래의 여주인공들인 브로디 무리에 여전히 남아 있는 메리보다 더 욕을 먹는 처지가 되었을 터였기 때문이다. 그리하여, 무리의 유대를 위해 샌디는 메리에게 말했다. "제니가 여기 있었으면 너랑 안 걸었을 거야." 그러자 메리가 대답했다. "나도 알아." 샌디는 다시 자기혐오를 느꼈고 같은 일을 여러 번 반복하면 결국 옳은 일이 될 거라고 생각하며 메리를 괴롭히고 또 괴롭혔다. 메리는 브로디 선생 몰래 조용히 울기 시작했다. 난처해진 샌디는 성큼성큼 앞서나가며, 결혼해서 남편과 언쟁하는 자신의 모습을 상상하기 시작했다.

"콜린, 집에 남자가 없을 때 퓨즈가 나가면 여자들은 난처하기 짝이 없다고요."

"여보, 샌디, 내가 퓨즈가 나갈 걸 어떻게 알았겠어……"

그들이 메도스 공유지의 끝에 이르렀을 즈음, 한 무리의 걸가이드가 나타났다. 메리를 제외한 브로디 무리는 모두 정면을 응시한 채 그 곁을 지나갔다. 메리는 절도 있고 씩씩해 보이는데다 브로디 선생과 함께 있는 이들보다 훨씬 더 강한 스코틀랜드 억양으로 말하는, 짙은 청색 제복을 입은 키 큰 소녀들을 물끄러미 바라보았다. 걸가이드가 지나간 뒤 샌디가 메리에게 말했다. "그렇게 뚫어져라 보는 건 무례한 짓이야." 메리가 대답했다. "뚫어져라 본 거 아냐." 그사이 브로디 선생은 뒷줄 소녀들에게 브라우니와 걸가이드*에 대한 질문을 받고 있었다. 블레인 여학교 초등부의 꽤 많은 학생이 브라우니 단원이었기 때문이다.

"그런 데 가입하는 애들은," 브로디 선생이 가장 그럴듯한 에든버러 말투로 대답했다. "그런 거나 좋아하는 애들이지."

그렇게 브라우니와 걸가이드는 열외 집단이 되었다. 샌디는 행진하는 무솔리니 부대에 대한 브로디 선생의 경탄과 그녀가 이탈리아 여행에서 가져온, 검은색 군복을 입은 무솔리니 부대가 로마에서 늠름하게 행군하는 모습을 담은 사진을 떠올렸다.

"파시스트예요." 브로디 선생은 이렇게 설명하고 나서 물었다. "누구라고, 로즈?"

"파시스트입니다, 선생님."

그들은 새까만 제복을 입고 똑같은 각도로 손을 올린 채 한 치도 어긋남 없이 나란히 줄지어 행진하고 있었으며, 무솔리니는 체육 선생, 혹은 걸가이드 단장처럼 단상에 선 채 그들을 바라보고 있었다. 무솔

* 걸가이드는 20세기 초 영국에서 소녀들의 수양과 사회봉사를 위해 창설된 단체로, 이후 미국에서 걸스카우트로 발전했다. 브라우니는 그중에서도 7세에서 10세까지의 소녀들로 이루어진 모임이다.

리니는 자신의 파시스트들을 이끌어 실업을 종결시켰고 거리엔 휴지 조각 하나 남지 않았다. 중앙 공유지의 반대쪽 끝에 다다랐을 때 샌디는 문득 자신들 역시 행군중인 브로디 선생의 파시스트라는 생각이 들었다. 그냥 봐서는 모르지만, 사실 브로디 선생의 필요에 맞춰 무솔리니 무리와는 다른 방식으로 줄지어 걷고 있는 파시스트들. 그거야 그렇다 치고, 걸가이드를 향한 브로디 선생의 경멸에는 질투와 모순과 오류가 있었다. 어쩌면 걸가이드가 너무 강력한 파시스트 라이벌이라서, 그리고 그 사실을 견딜 수 없어서인지도 몰랐다. 샌디는 브라우니에 들어가는 걸 고려해봐야겠다고 생각했다. 그러나 무리에서 제외당할 것이라는 공포가 다시 한번 샌디를 사로잡았고, 샌디는 브로디 선생을 사랑했기 때문에 그 생각은 접을 수밖에 없었다.

"우리는 좋은 동료가 될 거예요, 샌디." 선실 바닥의 피 묻은 유리 조각을 저벅저벅 밟으면서 앨런 브렉이 말했다. 그러고는 식탁에서 칼을 들어 코트에 달린 은단추 하나를 끊어냈다. "그 단추를 보여주기만 하면," 그가 말을 이었다. "언제든 앨런 브렉의 친구들이 와줄 겁니다."

"우린 오른쪽으로 갈 거예요." 브로디 선생이 말했다.

구시가지로 접어들고 있었고, 소녀들 중 누구도 지금까지 구시가지를 제대로 본 사람이 없었다. 그즈음 악취가 진동하는 슬럼 지구로 변해가던 구시가지에 어린 딸을 데려갈 정도로 역사 의식이 강한 부모는 없었기 때문이다. 캐논게이트, 그라스마켓, 론마켓 등은 '론마켓 출신 남성 투옥'같이 신문 기사에나 나오는, 범죄와 가난으로 얼룩진 음침한 동네의 이름이었다. 유니스 가드너와 모니카 더글러스만 에든버러성 혹은 홀리루드에서부터 로열마일을 걸어 하이 스트리트를 가로질러본 적이 있었다. 샌디는 삼촌 차를 타고 홀리루드에 가 스코틀랜드의 메리 여왕이 잠을 청하던 길이가 짧고 폭이 넓은 침대와 여왕이 리치오와 카드놀이를 했던 작은 방, 자기 집 부엌보다 작은 방을 보았다.*

이제 그들은 에든버러 성 옆의 큰 광장, 그라스마켓에 와 있었다. 한때 귀족이 살던 저택들이 거리를 두고 지어졌기 때문에 어디에서나 건물 사이로 뒤에 우뚝 서 있는 에든버러 성이 보였다. 샌디에게 이것은 낯선 냄새와 풍경, 새로운 가난의 모습을 알게 해준 최초의 이국 경험이었다. 한 남자가 얼음처럼 차가운 보도에 앉아 있었다. 아무것도 하지 않고 앉아 있기만 했다. 신발도 신지 않은 채 전쟁놀이를 하는 아이들도 더러 눈에 띄었으며 몇몇 사내애들은 자주색 코트를 차려입은 브로디 무리를 향해 소리를 질러대기도 했는데 한 번도 들어보지 못한 단어였지만 음란한 욕설이라는 것은 쉽게 짐작할 수 있었다. 망토를 두른 아이들과 여자들이 음침한 골목 끝에서 나타났다 사라지곤 했다. 샌디는 겁을 먹은 나머지 메리의 손을 잡고 있는 자신을 발견했다. 브로디 선생이 역사에 대해 이야기하는 동안 소녀들은 모두 손을 잡고 있었다. 그들은 하이 스트리트에 들어섰고 브로디 선생은 "존 녹스는 불행한 사내였죠. 결코 명랑한 프랑스 출신 여왕과 잘 지낼 수 없었어요.** 우리 에든버러인은 프랑스에 많은 것을 빚지고 있어요. 우린 유럽인입니다"라며 설명을 이어갔다. 깜짝 놀랄 만큼 악취가 진동했다.

---

* 홀리루드 궁전은 스코틀랜드의 메리 여왕이 머물던 곳이다. 다비드 리치오는 여왕의 비서관이었으며, 사적인 관계였다는 설도 있다.

** 존 녹스는 16세기 스코틀랜드의 종교개혁가이자 스코틀랜드 장로교의 창시자로 로마 가톨릭교도인 메리 여왕에게 박해를 받았다. 메리 여왕의 어머니 마리 드 기즈는 프랑스의 명문가 출신이다.

하이 스트리트 위쪽 도로 중앙에 사람들이 모여 있었다. "조용히, 더 빨리 걸어요." 브로디 선생이 말했다.

한 남자와 여자가 빙 둘러싼 사람들 한가운데 서 있었다. 그들은 서로 소리를 질러댔고, 남자는 여자 머리를 두 번 때렸다. 몸집이 매우 작고, 짧은 검은 머리에 얼굴이 붉고 입이 큰 또다른 여자 하나가 앞으로 나오더니 남자의 팔을 잡았다. 그녀가 말했다.

"내가 당신의 남자가 될게요."

이후 샌디는 살아가다 이따금 그 일을 떠올리며 생각에 잠기곤 했다. 그 자그마한 여자가 분명 "내가 당신의 여자가 될게요"가 아니라 "내가 당신의 남자가 될게요"라고 했기 때문인데, 왜 그렇게 말한 것인지 도무지 설명할 길이 없었다.

이후 유년 시절을 에든버러에서 보낸 다른 사람들과 이야기를 나눌 때면, 샌디는 종종 자신이 아는 거라곤 동네와 거리 이름, 그리고 기념물뿐인 이 동네에서 자신과는 다른 에든버러를 경험한 사람들이 있다는 사실을 깨닫고 놀라곤 했다. 마찬가지로 브로디 무리와 다른 1930년대를 산 사람들도 있었다. 중년의 나이가 되어 샌디도 마침내 수녀원에서 방문객을 받을 수 있게 되었을 때—방문객 관련 규칙을 지키는 사람은 별로 없었지만, 샌디의 경우에는 과거에 쓴 논문 때문에 특별한 규칙을 적용받고 있었다—그녀를 방문한 한 남성이 "저도 헬레나 수녀님과 같은 시기에 에든버러에서 학교를 다닌 것 같은데요"라고 말하자, 벌써 수년간 구세주 변모 수녀원의 헬레나 수녀로 살아온 샌디는 늘 하던 대로 면회실 창살을 꼭 움켜쥔 채 작은 눈, 창백한 눈동자로 방문객을 뚫어져라 쳐다보며 그의 학교와 학창시절, 그가 아는 에든버러에 대해 말해달라고 부탁했다. 이번에도 역시, 그의 에든버러는 샌디의 에든버러와 다른 곳임이 드러났다. 그가 기숙 생활을 했던 에든버러의 학교는 춥고 음산한 곳이었다. 선생들은 '삼류 학위'를 가진 잘난 척하는 잉글랜드 출신, '혹은 거의 잉글랜드' 출신이었다고 방문객은 말했다. 샌디는 한 번도 선생들이 가진 학위의 질에 대해 생각해 본 적이 없었을뿐더러, 채광이 잘되는 그녀의 학교는 언제나 환했고 겨울에도 진주알 같은 북광 덕에 어둡지 않았다. "그래도 에든버러는," 방문객이 말을 이었다. "아름다운 도시였죠. 지금보다 아름다웠어요. 물론 슬럼 지구는 이제 없어졌죠. 구시가지는 여전히 제가 제일 좋아하는 곳이에요. 그라스마켓과 그 주위를 돌아다니는 걸 무척 좋아했는데. 건축학적 관점에서 보자면, 유럽에서 에든버러보다 아름다운 곳은 없어요."

"한번 캐논게이트를 지나 산책을 간 적이 있었죠." 샌디가 대답했다. "너무 지저분해서 놀랐어요."

"그땐 '30년대'였으니까요." 남자의 대답이었다. "헬레나 수녀님, '30년대'에 수녀님이 영향을 가장 많이 받은 것은 무엇인지 말씀해주세요. 그러니까 수녀님이 십대였을 때 말이에요. 오든이나 엘리엇을 읽으셨나요?"

"아뇨." 샌디가 대답했다.

"저 같은 남자애들은 오든과 오든 그룹에 미쳐 있었어요. 스페인 내전에 나가 싸우고 싶어하기도 했죠. 물론 공화국 편에서 말이에요. 수녀님 학교에서도 스페인 내전을 두고 편을 갈랐나요?"

"아뇨, 아닙니다." 샌디가 말했다. "우리는 완전히 달랐어요."

"그때는 가톨릭 신자가 아니셨겠죠?"

"아니었어요." 샌디가 대답했다.

"십대 때 받은 영향은 굉장히 중요하죠." 남자가 말했다.

"물론이죠." 샌디가 말했다. "설사 그에 반발하는 경우라도요."

"그렇다면 헬레나 수녀님께 가장 큰 영향을 준 것은 무엇이었나요? 정치적인 것이었나요, 아님 개인적인 것? 혹시 칼뱅주의였나요?"

"오, 아뇨." 샌디가 대답했다. "전성기에 있던 진 브로디 선생이었죠." 음침한 방에서 탈출하고 싶다는 듯 샌디가 면회소 창살을 움켜쥐었다. 그녀는 방문객이 거의 없는 다른 수녀들, 어둠 속 깊이 물러앉아 두 손을 포개 내려놓은 채 손님을 맞는 여느 수녀들과는 달랐다. 샌디는 언제나 두 손으로 창살을 움켜쥔 채 몸을 내밀고 방문객을 뚫어져라 보았고, 그런 샌디를 두고 다른 수녀들은 헬레나 자매는 기대치 않게 큰 명성을 누린 심리학 책을 출간하는 바람에 세상에 끊지 못한 연이 너무 많다고 수군대곤 했다. 샌디에게는 예외적인 면회 규칙이 적용되었고 그녀는 창살을 움켜쥔 채 특별히 허락받은 방문객들, 『일상적인 것의 변용』이라는 제목으로 발표된 도덕적 인식에 대한 특이한 심리학 책에 대해 궁금해하는 심리학자, 가톨릭 구도자, 직급 높은 여성 언론인 및 학자 들을 만나곤 했다.

"세인트자일스 성당에는 가지 않을 거예요." 브로디 선생이 말했다. "날이 어두워지고 있으니까. 하지만 세인트자일스 성당에는 다들 가본 적이 있겠죠?"

소녀들은 대부분 피로 물든 누더기 깃발이 달린 세인트자일스 성당에 가보았다. 샌디는 가본 적이 없었지만 가고 싶은 마음도 없었다. 마치 캐슬록처럼 어두침침한 색깔에다 위협하듯 위로 뻗은 손가락 모양으로 지어진 에든버러 교회의 외관이 샌디는 무서웠다.

언젠가 브로디 선생은 우리에게 쾰른 대성당 사진을 보여주었는데, 웨딩 케이크처럼 생긴 그 성당은 마치 젊은 시절의 탕아가 파티와 쾌락과 축제를 위해 지은 건물 같았다. 스코틀랜드 교회의 내부는 외부만큼 무섭지는 않았다. 예배가 진행되는 동안 사람들이 있었으니까. 유령은 없었다. 샌디와 로즈 스탠리, 모니카 더글러스의 부모님 모두 교회에는 안 나가지만 그래도 기독교 신자였다. 제니 그레이와 메리 맥그레거는 장로교회를 다녔고 주일학교에도 참석했다. 유니스 가드너는 성공회교회를 다녔으며 자신은 예수가 아니라 성부와 성자와 성령을 믿는다고 주장했다. 유령의 존재를 믿는 샌디는 성령이 그럴싸한 개념이라고 생각했다. 어린시절의 습관에 따라 여전히 엄격한 스코틀랜드 교회의 규칙을 따르고 안식일을 지키면서도 자신의 전성기인 지금, 대학의 비교종교학 저녁 수업에 참석하는 브로디 선생은 이 겨울학기 내내 종교와 관련한 일체의 질문에 확답을 하지 않고 모든 가능성을 열어두고 있었다. 그래서 그녀의 학생들은 종교에 대한 온갖 이론을 접했으며 처음으로 신을, 심지어 알라조차 믿지 않으면서도 정직한 사람들이 있다는 사실을 알게 되었다. 그러면서도 우리는 진리와 선을 위해 부지런히 복음을 공부했고, 그 아름다움을 음미하기 위해 큰 소리로 복음서를 읽기도 했다.

일행은 넓은 체임버 스트리트에 도착했다. 행렬의 순서가 바뀌어 브로디 선생이 맨 앞에서 샌디와 로즈를 양쪽에 데리고 걷고 있었다. "월요일 아침 쉬는 시간에 교장과 면담해야 한다는 전갈을 받았어." 브로디 선생이 말했다. "내 교습법을 문제삼고 싶은 게 분명해. 전에도 한 번 그랬거든. 앞으로도 또 그러겠지. 그사이 난 내 교육철학을 따르며 내 전성기의 가장 좋은 것을 학생들에게 전해줄 거야. '교육education'이라는 단어는 밖을 의미하는 ex의 어근 e와 이끈다는 뜻의 duco에서 나온 단어야. 밖으로 이끈다는 의미지. 나에게 교육이란 학생들의 영혼에 이미 있는 것들을 밖으로 이끌어내는 거야. 매카이 교장에게 교육이란 학생들의 영혼에 현재 없는 것들을 집어넣는 것인데, 난 그건 교육이 아니라 침입이라고 생각해. 라틴어 어원으로 보면 침입intrude이란, 안을 뜻하는 in과 쑤셔넣다를 뜻하는 trudo가 합쳐진 말이지. 학생들의 머리에 많은 정보를 쑤셔넣는 것이 교장의 방식이야. 내 방법은 지식을 이끌어내도록 유도하는 것이고. 내 방식이 어원적 의미에서 더 진정한 교육이라 할 수 있지. 교장은 내가 소녀들의 머리에 어떤 생각을 집어넣고 있다고 비난하는데, 그건 실은 교장의 방식이야. 내 방식은 그 반대라고. 내가 너희의 머리에 어떤 생각을 집어넣었다는 소리를 하도록 그냥 두어선 절대 안 돼. 샌디, 교육의 의미가 뭐라고?"

"밖으로 이끄는 거요." 히스를 지나 숨막히는 탈출극을 펼친 날로부터 벌써 일 년하고도 하루가 지나 앨런 브렉에게 정식으로 초청장을 쓰고 있던 샌디가 대답했다.

샌디 스트레인저가 1월 6일 화요일 저녁 여덟시에 앨런 브렉 씨를 만찬에 모시는 기쁨을 누리게 해주십사 청하는 바입니다.

파이프 해안 인적 드문 부두에 위치한 샌디의 새집에서 홀연히 걸어

나오던 『유괴』의 남자 주인공은 이 초대에 놀랄 것이 틀림없었다. 소설에서 존 버컨의 딸이 묘사하는 그 집은, 알 수 없는 이유로 이제 샌디의 소유가 되어 있었다. 앨런 브렉은 스코틀랜드식 정장을 완벽히 차려입고 나타날 것이다. 저녁을 먹는 동안 두 사람이 열정에 휩싸여 정사를 나누게 되면 어찌할 것인가? 샌디는 마음속으로 그 장면을 그려보았고 그들의 사랑이 그렇게 타락하는 것을 견딜 수 없었다. 샌디는 고민했다. 분명 생각할 여유가 있을 테고 옷을 벗는 동안 멈춰 생각을 해야만 할 텐데, 멈춰 생각한다면 어떻게 다시 열정에 사로잡힐 수 있단 말인가?

"저건 시트로앵이야." 지나가던 차를 보며 로즈 스탠리가 말했다. "프랑스 자동차지."

"샌디, 그렇게 빨리 가지 말고. 내 손을 잡도록." 브로디 선생이 말했다. "로즈, 온통 차 생각뿐이구나. 그게 잘못은 아니지만, 그보다 고상한 것들도 있어. 샌디는 자동차 같은 건 생각하지 않고 제대로 교육받은 소녀답게 내 이야기에 집중하고 있겠지."

서로가 보는 앞에서 옷을 벗는다니, 샌디는 생각했다. 그건 너무 무례한 일인데. 잠시 열정을 누르는 수밖에 없겠지. 하지만 잠시 열정을 누른다면, 대체 어떻게 충동에 사로잡힐 수 있단 말인가? 만약 그 모든 일이 한순간 벌어진다면……

브로디 선생이 다시 말을 이었다. "난 그저 매카이 교장에게 우리의 교육관에 근원적인 차이가 있다는 점을 지적할 생각이야. 근원적이라는 형용사는 어근과 관련된 단어지. 라틴어로 근본, 즉 뿌리라는 뜻이니까. 우리가 소녀들의 마음을 교육하기 위해 고용된 것인지 아니면 그 마음에 침입하기 위해 고용된 것인지에 대해, 교장과 난 뿌리부터 입장이 달라. 전에도 이 문제로 논쟁을 했는데 매카이 교장은, 굳이 말하자면 뛰어난 논리학자는 아니더구나. 논리학자는 아주 논리적인 사람이야. 논리는 추론의 기술이고. 로즈, 논리가 뭐라고?"

"추론에 관한 것입니다, 선생님." 아직 십대였던, 이후 도덕법칙이나 평범한 연인들의 행적을 가뿐히 뛰어넘는 위대한 연인, 살아 있는 비너스, 무언가 특별한 존재가 됨으로써 브로디 선생의 감탄과 외경, 끝없는 찬양의 대상이 될 로즈가 대답했다. 사실 문제의 그 시기에 로즈는 브로디 선생이 생각했던 것처럼 연애 사건에 연루되어 있지 않았지만 적어도 겉으로는 그렇게 보였고 어쨌든 로즈는 성적 매력으로 유명했다. 하지만 아직 열한 살이었던 그 겨울의 산책에서 로즈는 자동차에만 흥미를 보였고 브로디 선생은 아직 성에 대해 언급할 만큼 전성기에 이르러 있지 않았다. 군인이었던 연인에 대해 "그는 순결한 사람이었어"라고 말하거나 제임스 호그의 시 「보니 킬메니」에서

'킬메니는 더할 나위 없이 순수했으니'

라는 구절을 읽고 "그러니까 그녀는 남자들과 어울리려고 계곡에 간 건 아니었던 거지"라고 논평을 덧붙일 때처럼 은근하게 성을 암시하는 경우를 제외하면 말이다.

"월요일에 매카이 교장을 만나서," 브로디 선생이 말을 이었다. "계약에 따라 내 교습법이 어떤 점에서 부적절하고 위험한지 입증하지 않는 한, 그리고 우리 반 소녀들이 점수야 어떻든 기말시험을 통과한다

면 내 수업 방식을 비난할 수 없다는 점을 분명히 할 생각이야. 난 너희가 열심히 공부해서 제일 낮은 점수로라도 시험에 통과할 거라고 믿어. 다음날 다 잊어버리는 한이 있더라도 말이야. 부적절한 내용에 대해서라면, 배신자가 나와 내 수업 내용을 이상하게 왜곡하지나 않는 다음에야 나를 공격할 수 없을 거야. 하지만 난 배신자가 나오리라고는 결코 생각하지 않아. 매카이 교장은 나보다 젊지만 월급은 더 많이 받지. 그건 순전히 운이야. 내가 대학을 다니던 시절에는 매카이 교장이 받은 것보다 급이 낮은 학위밖에 받을 수 없었거든. 그래서 그녀가 더 높은 자리에 있을 수 있는 거야. 하지만 매카이 교장은 추론능력이 떨어지는 사람이니, 월요일 만남에 대해 난 아무 걱정도 하지 않아."

"혈관이 다 비쳐서 매카이 교장선생님 얼굴은 너무 빨개요." 로즈가 말했다.

"내 앞에서 그런 식으로 말하는 건 허락할 수 없어, 로즈." 브로디 선생이 대답했다. "품위 있는 표현이 아니야."

그들은 이제 소방서를 지나 로리스톤 지구 끝자락에 다다랐고, 그곳에서 전차를 타고 처치힐에 있는 브로디 선생 아파트로 가 차를 마실 계획이었다. 보도에 남자들이 길게 줄을 서 있었다. 깃 없는 셔츠에 남루한 차림새였다. 그들은 중지와 엄지 사이에 쥔 짧은 담배를 빨아대며 침을 뱉고 서로 이야기를 나누었다.

"여기서 길을 건너요." 이렇게 말하면서 브로디 선생은 무리를 데리고 길을 건넜다.

모니카 더글러스가 속삭였다. "저 사람들, 건달이야."

"잉글랜드에서는 저런 사람들을 실업자라고 부르지. 노동국 실업수

당을 받으려고 기다리는 거야." 브로디 선생이 설명했다. "실업자들을 위해 기도해야 해. 저들을 위한 특별한 기도를 적어주지. 다들, 실업수당이 뭔지 알고 있니?"

유니스 가드너는 한 번도 그 단어를 들어본 적이 없었다.

"정부가 실업자와 그 가족을 위해 매주 지급하는 돈이야. 실업자들은 때로 집에 도착하기도 전에 술집에서 그 돈을 다 써버리지. 아이들이 집에서 굶고 있는데도. 실업자들은 우리의 형제야. 샌디, 그렇게 쳐다보는 짓은 당장 그만두도록. 이탈리아에서는 실업 문제가 완전히 해결되었어."

샌디는 자신이 길 저쪽에 끝없이 늘어선 형제들의 행렬을 보고 싶어서 보고 있는 것이 아니라, 그 행렬이 자신의 시선을 끌어당기고 있다고 생각했다. 다시 한번 샌디는 두려움을 느꼈다. 몇몇 남자가 무리 쪽으로 고개를 돌렸지만 실제로 무리를 보고 있지는 않았다. 무리는 정류소에 도착했다. 남자들은 이야기를 나누며 계속 침을 뱉었다. 거친 웃음은 때로 기침으로 이어졌고 가래침으로 마무리되었다.

전차를 기다리는 동안 브로디 선생이 말했다. "학생으로 처음 에든버러에 왔을 때 이 길에 있는 집에서 하숙을 했어요. 지독히 인색했던 그 하숙집 안주인에 대해 이야기해주지. 매일 아침 나에게 아침으로 뭘 먹고 싶은지 물어보는 습관이 있었어. 말투가 이랬지. '말린 청어를 먹으려우? 아니, 그건 없어. 그럼 삶은 달걀을 먹겠수? 아니, 그것도 안 돼.' 결국 난 그 하숙집에 있는 내내 아침으로 빵과 버터만 먹었고, 그것도 아주 조금밖에 먹지 않았어."

소녀들의 웃음소리가 길 건너 남자들의 웃음소리와 부딪쳤고, 그들은 이제야 생각난 듯이 느릿느릿 움직여 노동국 사무실 안으로 줄지어 들어가는 중이었다. 웃음이 멎자마자 두려움이 다시 샌디를 덮쳤다. 샌디는 생명력으로 꿈틀대며 천천히 불규칙하게 움직이는 줄을 바라보았고, 그녀에게 그들은 이 도시 안에 있을 권리도 없으면서 떠나지도 않고, 그렇다고 죽일 수도 없는 용의 몸통 마디마디 같았다. 그녀는 굶주리는 아이들을 떠올렸다. 그 생각이 공포를 누그러뜨리고 안도감을 주었다. 거리의 가수나 거지를 볼 때면 늘 그렇듯 샌디는 울고 싶은 기분이 들었다. 샌디는 제니가 같이 있었으면 싶었다. 제니는 가난한 아이들 이야기에 쉽게 울음을 터뜨리기 때문이다. 그러나 길 건너 뱀 같은 생명체, 추위에 몸을 떨기 시작한 그 존재를 보자 샌디는 다시 두려움으로 몸이 떨렸다. 샌디는 자기 소매를 스친 메리 맥그레거에게 몸을 돌리며 소리쳤다. "밀지 좀 마!"

"메리, 친구를 밀면 안 돼." 브로디 선생이 말했다.

"밀지 않았어요." 메리가 대답했다.

전차에서 샌디는 감기가 오는 것 같다고 얘기하고 브로디 선생의 차 모임에 가지 않았다. 실제로 몸이 떨렸다. 무리와 함께라 해도 집 밖은 추웠고 그때 샌디는 따뜻한 집에 있고 싶었다.

그러나 나중에, 다른 소녀들이 설거지를 하는 동안 브로디 선생의 부엌 리놀륨 바닥에서 공중제비를 넘고 다리 찢기 묘기를 할 유니스를 생각하며 샌디는 그래도 차 모임에 따라갈걸 그랬다고 후회했다. 그리고 악보 사이에 넣어둔 비밀 공책을 꺼내 진 브로디 선생의 진정한 사랑 이야기인 '이리산'에 한 장을 더 써넣었다.

3장

겨울이 계속되고 포스강에서 바람이 불어왔다.

전성기의 브로디 선생이 독보적인 존재였다거나 혹여 (그런 기준이야 상대적인 것이지만) 정신이 온전치 않은 사람이기라도 했다고 생각해서는 곤란하다. 마샤 블레인 여학교 같은 곳에서 선생님으로 일하고 있었다는 사실 이외에는 별다른 점이 없었다. 1930년대에는 브로디 선생 같은 여자들, 전쟁으로 연인을 잃은 후 삼십대 혹은 그 이상의 나이에 예술과 사회복지, 교육, 종교 영역에서 새로운 사유와 활기 넘치는 활동을 찾아다니며 분주히 독신 생활을 누리는 일군의 여성들이 제법 있었다. 그러나 에든버러의 진보적인 독신 여성들은 학교, 특히 마샤 블레인 여학교처럼 보수적인 학교에서 선생으로 일하지는 않았다. 학교의 다른 독신 선생들 말마따나, 이런 점에서 브로디 선생은 그

학교에 별로 어울리지 않는 존재였다. 그러나 그녀와 비슷한 여성들, 벌써 죽었거나 늙어빠진 상인, 성직자, 대학교수와 의사, 한때 큰 상점 혹은 어장의 주인이었던 아버지로부터 명민한 두뇌와 재치, 혈색 좋은 볼, 말처럼 건장한 체격에 합리적인 교육, 드높은 기상과 재산까지 물려받은 그 활기 넘치는 딸들의 무리에서 브로디 선생은 결코 어울리지 않는 존재가 아니었다. 오후 세시 에든버러 식료품점 민주적인 계산대에 기대어 성경의 사실 여부에서부터 잼 유리병에 쓰인 '품질보증'이라는 표현의 의미까지, 온갖 주제에 대해 점잖과 논쟁을 벌이는 그녀들의 모습을 발견하는 것은 어렵지 않은 일이었다. 그들은 강의를 들으러 다녔고, 견과류와 꿀만 먹는 식이요법을 시도하는가 하면, 독일어 수업을 듣고 독일로 도보 여행을 떠나기도 했다. 캠핑카를 구입해 호숫가 산으로 들어가기도 했으며, 기타를 치고 이런저런 신생 소극단을 후원했다. 슬럼 지구에 하숙집을 얻고 이웃에게 페인트 통을 나눠주며 간단한 실내장식 기술을 가르치는가 하면, 마리 스토프스*가 개발한 기술을 설파하기도 했다. 옥스퍼드그룹 모임에 참석해 영성주의를 매처럼 날카로운 눈으로 검토하기도 했다. 몇몇은 스코틀랜드 민족주의 운동을 지지했고 브로디 선생을 포함한 몇몇은 스스로를 유럽인으로 간주하며 흄과 보스웰을 낳은 에든버러를 유럽의 수도라고 주장했다.

그러나 그들은 조직에 속한 여성들이 아니었다. 학교 선생도 아니었다. 조직에 속한 독신 여성들은 그들처럼 진취적이지 않았고 반항적이

* 스코틀랜드 에든버러 출신의 저술가. 영국 최초의 피임 교육기관인 산아제한 클리닉을 설립했다.

거나 반체제적인 면모도 없었으며, 조신하고 신심 깊은 기독교인이자 성실한 일꾼이었다. 학교 선생은 그들보다 더 얌전한 부류로, 월급을 받아 늙은 부모를 부양하고 주중에는 언덕으로, 공휴일에는 노스베릭으로 산책을 나갔다.

그러나 브로디 선생 같은 여성들은 달변에 페미니스트였으며, 페미니스트들이 대개 그렇듯 남자들과 인간 대 인간으로 대화를 나누었다.

"게디스 씨, 노동계급 문제를 해결할 유일한 방법은 피임뿐이라는 사실을 분명히 말씀드려야겠어요. 모든 집에 무료로 배포되어야……"

또 오후 세시쯤 문전성시의 식료품점에서 이런 이야기를 하는 모습도 자주 눈에 띄었다.

"로건 씨, 저보다 연장자시지만, 저는 지금 전성기에 있으니까 제 조언을 들으셔도 좋을 거예요. 스코틀랜드 장로교회에 가시는 것보다 토비 교수님의 일요 강연에 참석하시는 편이 로건 씨의 종교적 성장에 더 도움이 될 거라고 생각합니다."

이런 여성들과 비교한다면 외견상 브로디 선생에게 특이한 점은 전혀 없었다. 그러나 내면적으로는 달랐고, 그녀의 특징들이 어디까지 그녀를 끌고 갈지 두고 볼 일이었다. 딱 보기에도 브로디 선생이 학교의 여느 선생들과 다른 점은, 그녀가 여전히 변화하며 형성중이라는 사실이었는데, 이에 반해 다른 선생들은 모두 스무 살 이후 자신이, 특히 윤리적인 문제에서 입장을 바꾸게 되리라 생각하지 않았다. 그러나 브로디 선생에게 새롭게 배울 수 없는 것은 없었고 그녀는 이를 자랑스럽게 생각했다. 그러므로 소녀들에게 "지금은 나의 전성기예요. 여러분은 내 전성기의 혜택을 누리고 있는 겁니다"라고 말할 때의 브로디 선생은 완성된 존재가 아니었고 그녀 역시 형성중인 소녀들의 시선 아래서 여전히 성장하고 있었다. 브로디 선생의 전성기는 소녀들이 십대 후반이 될 때까지 계속해서 이어졌다. 전성기의 끝 무렵을 지배할 생각들이 전성기 초반의 브로디 선생에게는 대단히 놀라운 것들이었다.

1931년 여름방학은 브로디 선생의 전성기가 시작된 지 일 주년이 되는 때였다. 새로 시작될 해는 이제 열한 살 그리고 열두 살에 접어드는 브로디 무리가 여러모로 성性에 눈을 뜨게 된 해라 할 수 있었다. 온갖 놀라운 발견으로 점철된 한 해였다. 더 나이가 들었을 때, 성은 삶의 다른 많은 것들 중 하나에 불과했다. 그러나 그해, 성은 그들의 모든 것이었다.

학기는 여느 때처럼 활기차게 시작되었다. 햇볕에 그을린 브로디 선생이 학생들 앞에 서서 말했다. "난 다시 한번 여름방학의 대부분을 이탈리아에서 보냈고 한 주는 런던에서 지냈어요. 벽에 붙일 사진들을 많이 가지고 왔지. 이건 치마부에의 그림이고. 이건 무솔리니의 더 큰 파시스트 부대 사진으로 작년에 가져온 사진에서보다 파시스트 부대를 더 자세히 볼 수 있죠. 나중에 말해주겠지만 그들은 눈부신 성취를 이루고 있어요. 친구들과 함께 교황님을 알현하는 자리에도 갔지. 친구들은 교황님 반지에 입을 맞추었지만 난 허리 숙여 인사만 드리는 것이 적당하다고 생각했어요. 검은색 긴 드레스에 레이스가 달린 만틸라를 입고 갔죠. 대단히 아름다웠어요. 런던에서는 부유한 친구들이— 그 집 어린 딸들에게는 유모가, 잉글랜드식으로는 보모라고 하지만, 둘씩이나 있는데—A. A. 밀른* 집에 나를 데리고 갔어요. 그 집 복도에는 봄의 탄생을 의미하는 보티첼리의 〈프리마베라〉가 걸려 있더군. 난 비단 드레스에 내 얼굴색과 잘 어울리는 붉은색 커다란 양귀비를 꽂고 갔어요. 무솔리니는 전 세계에서 가장 위대한 지도자 가운데 하나이고 램지 맥도널드보다도 훨씬 더 위대해요. 그리고 그의 파시스트당은—"

"좋은 아침이에요, 브로디 선생님. 좋은 아침이죠, 여러분, 자리에 다시 앉도록 해요." 문을 활짝 열어둔 채 급히 교실로 들어온 교장이 인사를 했다.

브로디 선생은 머리를 높이, 높이 들고 교장 뒤로 걸어가, 실로 의미심장하게 열려 있는 문을 닫았다.

"그냥 잠깐 들른 거예요." 매카이 교장이 말했다. "바로 가야 합니다. 자, 여러분, 새 학기의 첫날이군요. 혹 늘어져 있는 건 아니겠죠? 올해는 전 과목을 다 열심히 공부해서 좋은 성적으로 졸업시험을 통과해야 해요. 내년에는 중등부에 간다는 사실을 잊지 마세요. 모두 즐거운 여름방학을 보냈을 거라 믿어요. 다들 얼굴이 햇볕에 그을린데다 좋아 보이는군요. 곧 여름방학에 대한 여러분의 작문을 읽을 수 있었으면 합니다."

그녀가 나가고 나서도 브로디 선생은 한참 문을 노려보았다. 브로디 무리에 속하지 않은, 주디스라는 이름의 학생이 킬킬 웃기 시작했다. 브로디 선생이 주디스에게 말했다. "됐어, 그만." 그러더니 선생은 몸을 돌려 산수 시간이면 언제나 산수를 가르치지 않을 때 침입자가 들

---

* 스코틀랜드 아동문학 작가. '곰돌이 푸' 시리즈가 대표작이다.

어올 것에 대비해 흑판에 적어두었던 긴 나눗셈 문제들을 지우개로 지우기 시작했다. 다 지운 후, 그녀는 소녀들을 향해 몸을 돌리더니 말했다. "늘어져 있느냐고? 아니지. 처져 있느냐? 당연히 아니에요. 조금 전에 말했던 것처럼 무솔리니는 눈부신 업적을 이루고 있고 그의 통치 아래 실업률이 작년보다 더 떨어졌지요. 이번 학기에는 그에 대해 많은 것을 배울 거예요. 알겠지만 나는 여러분을 어린애 취급하는 것에 동의하지 않습니다. 여러분은 나이든 사람들이 생각하는 것보다 더 많은 것을 이해할 수 있어요. 교육은 밖으로와 이끌다가 합쳐져 만들어진 단어로 밖으로 이끄는 것을 의미합니다. 내가 이끌 겁니다. 졸업시험을 통과하든 말든, 여러분은 나의 이탈리아 경험에서 많은 것을 배우게 될 거예요. 로마에서 난 광장과, 전사들은 죽음을 맞고 노예들은 사자 밥으로 던져진 곳인 콜로세움을 보고 왔어요. 천박한 미국인 하나가 나에게 말하더군요. '거대하고 멋진 채석장 같네요.' 그들은 비음을 내요. 메리, 비음을 낸다는 게 뭐지?"

메리는 답을 알지 못했다.

"한결같이 멍청하구나." 브로디 선생이 말했다. "유니스?"

"코로 내는 소리요." 유니스가 대답했다.

"완전한 문장으로 대답하도록 해요." 브로디 선생이 말했다. "올해부터는 모두 완전한 문장으로 대답해야 합니다. 나부터 이 규칙을 잘 기억해야겠군요. 그렇다면 올바른 대답은 '비음을 낸다는 것은 코를 통해 나오는 소리로 말하는 것을 의미합니다'가 되겠지요. 그 미국인은 '저 돌들 되게 근사하네요'라고 말했어요. 아, 전사들이 싸우던 콜로세움을 두고 말이에요. '카이사르 만세! 이제 곧 죽을 놈들이 인사를 드립니다요!' 그렇게도 소리쳤고."

갈색 정장 차림의 브로디 선생은 마치 콜로세움의 전사처럼 팔을 들고 검처럼 눈을 반짝이며 서 있었다. "카이사르 만세!" 브로디 선생이 다시 한번 소리치더니, 마치 카이사르가 거기 있기라도 한 듯 눈부신 햇빛을 받으며 창으로 몸을 돌렸다. "창을 누가 열었죠?" 브로디 선생이 팔을 내리며 물었다.

아무도 대답하지 않았다.

"누가 열었든, 너무 많이 열었어요." 브로디 선생이 말했다. "6인치가 가장 적당해요. 그 이상 여는 것은 천박해요. 이런 것들은 배우지 않아도 타고난 감으로 알 수 있어야 합니다. 시간표에 따르면 지금 역사를 공부하고 있어야 해요. 역사책을 꺼내 세워들도록. 이탈리아에 대해 조금 더 이야기해주도록 하죠. 난 분수 근처에서 한 젊은 시인을 만났어요. 자, 여기 베키오 다리에서 베아트리스를 만나는 단테의 그림이에요—이탈리아어로는 베아트리체라고 하는데 그렇게 부르면 같은 이름이 훨씬 더 아름답게 느껴지지요—단테는 바로 그 순간 사랑에 빠지고 말아요. 메리, 구부정하게 있지 말고 반듯이 앉도록. 숭고한 사랑의 숭고한 순간이에요. 이 그림을 그린 화가가 누구지?"

아무도 대답하지 못했다.

"로세티의 그림이에요. 제니, 로세티가 누구지?"

"화가요." 제니가 대답했다.

브로디 선생은 성에 차지 않은 눈치였다.

"그리고 천재입니다." 제니를 구하기 위해 샌디가 대답했다.

"누구의 친구지?" 브로디 선생이 다시 물었다.

"스윈번의 친구입니다." 한 소녀가 대답했다.

브로디 선생이 미소 지었다. "잊지 않았군요." 그녀가 학급을 둘러보며 덧붙였다. "방학이 지나도 잊지 않았어요. 다른 침입자가 또 있을지 모르니 역사책을 계속 들고 있도록 해요." 브로디 선생이 못마땅한 표정으로 문을 한번 보더니 로마인처럼 잘생긴 짙은 피부색의 얼굴을 품위 있게 쳐들었다. 그녀는 종종 소녀들에게 전사한 연인 휴가 로마인 같은 모습 때문에 자신의 두상을 몹시 좋아했다고 말하곤 했다.

"내년부터는," 브로디 선생이 말했다. "역사와 수학, 외국어를 각각의 전공 선생님에게, 이 과목은 이 선생님에게 저 과목은 저 선생님에게, 사십오 분 동안은 이걸 배우고 다시 사십오 분 동안은 또다른 걸 배우게 될 거예요. 하지만 나와 공부하는 이 마지막 해 동안 여러분은 내 전성기의 열매를 누리게 될 겁니다. 그리고 그 경험은 여러분에게 평생 남게 될 테고. 하지만 잊기 전에 일단 오늘자 출석을 확인해야겠군요. 새로 온 두 학생, 일어나도록."

두 소녀가 눈을 번쩍 뜨며 일어났고 브로디 선생은 자기 책상 앞에 앉았다.

"우리 방식에 곧 익숙해질 거예요. 종교가 뭐죠?" 펜이 구르지 않도록 책 위에 균형을 잡아 내려놓으며 브로디 선생이 물었고, 창밖으로는 포스강 어귀에서 날아온 갈매기들이 학교 위 하늘을 선회했으며 푸른색과 황금색이 뒤섞인 나무 꼭대기 잎들이 창 쪽으로 나부꼈다.

황금빛과 회색의, 사색하는 가을이여 오라,
그리고 쇠락하는 자연의 조수로 나를 위로해다오.

"로버트 번스예요." 브로디 선생이 출석부를 덮으며 덧붙였다. "1930년도 완전히 무르익었군요. 내 책상에 장밋빛 사과 4파운드가 있어요. 로더 선생님의 과수원에서 보내온 선물인데, 마침 복도가 조용하니 지금 먹도록 합시다. 사과가 내 결정권 밖에 있다는 건 아니지만, 신중, 신중함이란…… 샌디?"

"용기의 더 나은 면입니다, 선생님." 샌디가 작은 눈을 더욱 작게 뜨고 브로디 선생을 보며 대답했다.

브로디 선생의 전성기가 공식적으로 시작되기 전부터, 초등부 동료 교사들은 차츰 그녀에게 등을 돌리고 있었다. 중등부 교사들은 브로디 무리의 영향력을 아직 체감하지 못했기 때문에 대체로 무관심했고 더러 재미있어하기도 하는 눈치였다. 이듬해 브로디 무리를 직접 가르치게 됐을 때도 중등부 여교사들은 브로디 선생의 소위 실험적인 교습법 결과에 과민반응을 보이지 않았다. 그러나 브로디 선생이 매일 만나는 초등부 교사들, 월급도 더 적고 자격 요건도 더 낮은 초등부 여교사들 사이에서 브로디 선생에 대한 반감은 점점 커지고 있었다. 예외가 두 명 있었는데 그들은 브로디 선생을 싫어하지도 무시하지도 않았으며 오히려 모든 면에서 브로디 선생을 지지했다. 한 명은 초등부와 중등부 모두에서 음악을 가르치는 고든 로더 선생이었고 다른 한 명은 중등부 미술 선생인 테디 로이드였다. 학교에서 남자 선생은 그 둘뿐이었다. 그들의 일상 반경 내에서 성적으로 깨어 있는 존재는 그녀밖에 없었기에 둘 다 이미 브로디 선생에게 연애 감정을 조금씩 느끼고 있었고, 본인들은 의식하지 못했겠지만 둘은 이미 브로디 선생의 관심을 끌기 위한 경쟁을 시작한 참이었다. 그러나 모두 아직 남자로서 그녀의 관심을 끄는 데 성공하지 못했고 브로디 선생은 그들을 지지자로만 생각하며 자부심과 고마움을 느꼈다. 로더 선생과 로이드 선생이 브로디 선생을 따로 만날 기회가 있을 때마다 잘 보이려 애쓴다는 사실을 브로디 선생보다, 그리고 확실히 그 남자들보다 먼저 알아챈 것은 브로디 무리였다.

여러 번 만나 그들이 실제로는 매우 다르다는 사실을 알게 되기 전까지, 브로디 무리는 고든 로더와 테디 로이드가 무척 닮았다고 생각했다. 둘 모두 붉은기가 도는 노란 피부였다. 그러나 미술 선생 테디 로이드가 훨씬 체격이 좋고 잘생겼으며 세련됐다. 들리는 말로는 반은 웨일스 출신이고 반은 잉글랜드 출신이라고 했다. 그는 만성 기관지염이라도 있는 듯 목쉰 소리를 냈다. 황금색 앞머리는 이마를 덮고 눈까지 내려와 있었다. 가장 특징적인 점은 팔이 하나뿐이라는 사실로, 그는 오른팔 하나로 그림을 그렸다. 다른 쪽 소매는 주머니에 끼워두었다. 그 소매 속에 있어야 할 팔은 1차대전 때 잃었다고 했다.

브로디 학급의 학생들이 그를 자세히 살펴볼 수 있었던 건 단 한 번뿐이었고 그나마도 슬라이드를 보느라 미술실 블라인드를 모두 내려 흐릿한 불빛만 남아 있을 때였다. 브로디 선생은 학급을 인솔해 미술실로 데리고 가 학생들과 함께 긴 의자 끝에 앉을 생각이었지만, 미술 선생이 하나뿐인 팔로 의자를 가지고 와 마치 시종처럼 가볍게 무릎을 굽히며 특별한 방식으로 그녀에게 의자를 건넸다. 브로디 선생은 무릎까지 넉넉히 내려온 폭넓은 갈색 치마 아래로 다리를 벌리고 마치 브리타니아*처럼 기품 있게 의자에 앉았다. 로이드 선생은 런던에서 열린 이탈리아 회화 전시회 슬라이드를 학생들에게 보여주었다. 그는 그림의 세부를 짚어줄 교편을 들고 쉰 목소리로 설명했다. 그러나 정작 그림의 의미에 대해서는 아무 설명도 하지 않고 화가의 붓이 멈춘 곳—예컨대 팔꿈치 끄트머리—이나 갈무리된 곳—예컨대 구름의 가장자리나 의자 등받이—의 선이나 곡선을 교편으로 따라 그리기만 했다. 네트볼이라도 하는 것처럼 보이는 〈프리마베라〉 속 여인들 덕에 로이드 선생은 상당한 노동을 해야 했다. 그는 천 아래로 보이는 여인들의 엉덩이 선을 교편으로 따라 그렸다. 세번째 여인의 엉덩이 선을 따라갈 때 제일 앞줄 여학생들 사이에서 집단적인 웃음이 터져나왔고, 이내 뒷줄로 퍼져나갔다. 발작적으로 튀어나오는 웃음을 참으려 입을 다물어보았지만 그럴수록 작은 웃음소리가 코로 더 새어나왔다. 로이드 선생은 몹시 화난 얼굴로 학생들을 둘러보았다.

"이 학생들은," 브로디 선생이 말했다. "교양 있는 가정 출신도 아니고 제대로 교육도 받지 못한 게 분명해요. 우린 지금 근본 없는 학생을 가르치고 있는 거예요, 로이드 선생님."

성性 따위는 모르는 교양 있는 집안 출신이기를 갈망하는 소녀들은 이 말에 정신을 차리고 즉시 자세를 가다듬었다. 로이드 선생이 예술형식을 보여주기 위해 다시 보티첼리 그림 속 천 아래 가려진 여인의 은밀한 부위들을 교편으로 따라가기 시작하자, 샌디는 뒤에 앉은 몇몇 여학생들과 마찬가지로 발작적으로 캑캑대며 기침을 했다. 다른 소녀

* 영국을 의인화한 여신. 창과 방패를 들고 투구를 쓴 모습이다.

들은 뭘 떨어뜨리기라도 한 것처럼 의자 아래를 더듬어댔다. 한둘은 숨길 생각도 없이 서로에게 기댄 채 도저히 다물 수 없는 입을 손으로 가리고 킬킬댔다.

"샌디, 너에게 실망했다." 브로디 선생이 말했다. "넌 이 학생들을 이끌 인재라고 생각했는데."

기침하던 샌디는 브로디 선생을 올려보며 위선적으로 눈을 깜빡였다. 그러나 브로디 선생은 이미 더 가까이 앉아 있던 메리 맥그레거에게 시선을 돌린 후였다. 메리는 성적인 연상을 이해하고 웃음을 터뜨리기에는 너무 미련했기 때문에, 그저 다른 애들이 웃어서 따라 웃었을 뿐이었고, 다른 애들이 먼저 웃지 않았다면 로이드 선생의 수업은 메리에게 아무 영향도 주지 못했을 터였다. 그러나 지금 메리는 교양 없는 집안에서 자란, 망측한 생각을 하는 애들처럼 대놓고 킬킬거리며 웃고 있었다. 브로디 선생은 메리의 팔을 잡고 질질 끌고 나가 교실 밖으로 밀친 다음, 문을 닫고 문제가 다 해결됐다는 듯 돌아왔다. 실제로도 문제는 다 해결된 것 같았다. 브로디 선생의 폭력적인 처벌에 소녀들은 정신이 번쩍 들었고, 마치 마지못해 따르던 주모자가 공식적으로 색출되어서 더이상 죄를 지을 필요가 없는 듯 느끼게 되었던 것이다.

로이드 선생은 이제 성모자상으로 교편을 옮겼고 로이드 선생의 교편이 이 성스러운 그림의 윤곽선을 따라가는 동안 웃음이 터져나온다면 교실의 누구도 마음이 편치 않았을 것이기에, 학생들은 브로디 선생의 처벌을 더욱 고맙게 생각했다. 사실 학생들은 로이드 선생이 조금의 변화도 없는 쉰 목소리로 화가의 붓이 그려낸 것을 계속 설명하고 있다는 사실에 다소 충격을 받았다. 그는 항의라도 하듯, 성모자상의 윤곽선을 꼼꼼히 따라 그리고 있었다. 샌디는 로이드 선생이 자신의 예술적 태도를 인정해달라고 갈구라도 하듯 브로디 선생을 바라보는 것을 포착했고, 마치 모든 것을 다 아는 여신이 산 위의 신에게 화답하듯 브로디 선생이 그에게 미소를 보내는 것 역시 놓치지 않았다.

그로부터 얼마 지나지 않아, 이후 암산능력과 다혈질로 유명해진 모니카 더글러스가 로이드 선생과 브로디 선생이 입맞추는 장면을 보았다고 주장했다. 브로디 무리의 다섯 소녀에게 자신이 목격한 바를 알리는 모니카는 확신에 차 있었다. 대부분 그 말을 곧바로 믿으려 하지 않았다.

"언제?"

"어디서?"

"어제 방과후에 미술실에서."

"넌 미술실에서 뭘 하고 있었는데?" 심문자 역할을 맡은 샌디가 물었다.

"새 스케치북을 받으러 갔었어."

"왜? 이전에 받은 것도 아직 다 안 썼잖아."

"다 썼어." 모니카가 대답했다.

"예전 스케치북은 언제 다 썼는데?"

"지난 토요일 오후 너희가 브로디 선생님하고 골프 치고 있을 때."

그건 사실이었다. 지난 토요일, 제니와 샌디는 브레이드힐스 코스에서 브로디 선생과 나인홀 골프를 쳤고, 그동안 브로디 무리의 다른 소녀들은 들판을 배회하며 그림을 그렸다.

"모니카가 스케치북 다 쓴 건 맞아. 골프장을 다섯 방향에서 그렸거든." 로즈 스탠리가 모니카 말이 사실임을 확인해주었다.

"두 사람이 미술실 어디에 있었는데?" 샌디가 물었다.

"구석에." 모니카가 대답했다. "로이드 선생님이 팔로 브로디 선생님을 안고 키스하고 있었어. 내가 문을 여니까 얼른 떨어지더라고."

"어느 쪽 팔로?" 샌디가 말을 끊었다.

"당연히 오른팔이지. 왼팔은 없잖아."

"그 둘을 봤을 때 넌 미술실 안에 있었어, 아님 밖에 있었어?" 샌디가 물었다.

"흠, 안과 밖에 동시에. 분명히 봤어. 진짜야."

"두 사람이 너한테 뭐라고 했어?" 제니가 물었다.

"선생님들은 날 못 봤어." 모니카가 대답했다. "바로 돌아서서 도망쳤거든."

"길게 한참 하는 키스였어?" 샌디가 심문하듯 묻자, 제니가 대답을 들으려고 더 가까이 다가왔다.

암산이라도 하듯, 모니카가 눈을 옆으로 올려 뜨며 천장을 바라보았다. 잠시 후 계산이 끝나고 그녀가 대답했다. "응, 그런 키스였어."

"거기 서서 얼마나 오랫동안 하는지 본 것도 아니면서 어떻게 알아?"

"알아." 모니카는 점점 화가 치밀어올랐다. "조금만 봐도 알지. 길고 진한 입맞춤의 한순간이었다고, 팔로 브로디 선생님을 안고 있는 것만 봐도 말이지, 게다가—"

"난 하나도 못 믿겠어." 샌디는 흥분한데다 의심을 완전히 제거해 그 이야기가 사실이라는 걸 필사적으로 증명하고 싶어 날카로운 목소리로 말했다. "꿈이라도 꿨나보지." 샌디가 덧붙였다.

모니카가 오른손 손가락으로 샌디의 팔을 쿡쿡 찌르다가 심술궂게 슬쩍 비틀어 꼬집었다. 샌디가 비명을 질렀다. 얼굴이 새빨갛게 달아오른 모니카는 책가방을 휘둘러 길을 막고 서 있던 친구들을 물러서게 했다.

"재 열받았는데." 뒤로 재빨리 물러서며 유니스가 말했다.

"모니카 말, 난 하나도 못 믿어." 최선을 다해 머릿속에 미술실 장면을 그려보며, 사실만을 진술하는 모니카를 자극해 그 장면을 보다 적절히 감정을 섞어 묘사하게 하려는 심산으로 샌디가 말했다.

"난 믿어." 로즈가 끼어들었다. "로이드 선생님은 예술가고, 브로디 선생님도 예술적인 사람이니까."

제니가 물었다. "문이 열리는 걸 못 봤을까?"

"봤어." 모니카가 대답했다. "내가 문을 여니까 펄쩍 놀라 떨어졌어."

"둘이 너를 못 봤다는 걸 어떻게 알아?" 샌디가 물었다.

"돌아보기 전에 도망쳤어. 두 사람은 정물화 덮는 천 옆, 방구석에서 있었단 말이야." 모니카가 교실 문으로 가 재빠르게 도망치는 모습을 재연했다. 그 모습에 그다지 만족하지 못한 샌디는 직접 교실 밖으로 나가 문을 열고, 안을 들여다본 다음, 놀라 눈을 커다랗게 뜨고, 숨을 삼킨 뒤 바로 도망치는 모습을 연기했다. 자신의 연기가 만족스러웠지만 친구들이 너무 즐거워했기 때문에 몇 번이고 같은 연기를 반복해야 했다. 네번째로 그 장면을 연기하고 있을 때, 연기력도 관객의 호응도 최고조에 이르렀을 때, 샌디 뒤로 브로디 선생이 모습을 드러냈다.

"샌디, 뭘 하고 있는 거지?" 브로디 선생이 물었다.

"그냥 놀고 있었어요." 작디작은 눈으로, 전에는 몰랐던 브로디 선생의 모습을 마음속에 그리며 샌디가 대답했다.

브로디 무리는 크리스마스가 될 때까지 브로디 선생이 정말 키스를 주고 받을 수 있는지에 대한 의문에 사로잡혀 있었다. 전시의 연애 이야기 덕분에 그들 마음속에서 브로디 선생은 육신을 갖지 않은 존재처럼 느껴졌다. 젊은 날의 브로디 선생은 그들이 태어나기 전 역사에 속해 있었기 때문이다. 지난가을 느릅나무 아래 앉아 브로디 선생이 들려준, '내가 소녀였을 때'로 시작되는 이야기는 모니카 더글러스의 목격담보다 현실성이 더 떨어졌지만 믿기는 훨씬 더 수월했다. 브로디 무리는 학급의 다른 소녀들에게 이야기가 퍼지면 더 많은 사람이 알게 될 테고, 결국 모니카 더글러스를 곤란하게 만들 수도 있는 사람의 귀에까지 들어갈 수 있기 때문에, 그 이야기를 자기들끼리만 알고 있기로 결정했다.

실제로 브로디 선생에게 변화가 있었다. 단지 샌디와 제니가 새로운 브로디 선생의 모습을 그리며 이제 '진'이라 불리는 그녀의 모습을 상상하려고 노력한 것만은 아니었던 것이다. 실제로 브로디 선생에게 변화가 있었다. 선생은 새 옷을 입고 화려한 호박 목걸이를 했는데, 언젠가 그녀가 학생들에게 보여준 것처럼 문지른 뒤 종이에 가져다대면 자성을 띠는 진짜 호박으로 만든 목걸이였다.

초등부의 다른 선생들과 비교하면 브로디 선생의 변화는 더욱 눈에 띄었다. 다른 선생들을 본 뒤 브로디 선생을 보면 키스에 몸을 맡기는 그녀의 모습을 더 쉽게 상상할 수 있었다.

제니와 샌디는 브로디 선생이 로이드 선생과 그날 미술실에서 열정에 휩쓸려 키스 이상의 것을 했을지 생각해보곤 했다. 볼록해지는 기미가 있는지 브로디 선생의 배를 유심히 살피기도 했다. 지루한 어떤 날에는 배가 나오기 시작했다고 결론을 내렸다. 하지만 수업이 재미있을 때면 그녀의 배는 어느 때보다 납작해 보였고, 그들은 모니카 더글러스가 거짓말을 했다고 의견을 모았다.

그즈음 초등부의 다른 선생들이 브로디 선생에게 일반적인 에든버러 방식보다는 좀 과하게 아침 인사를 하곤 했는데, 충분히 공손했고 인사를 거르는 사람도 없었다. 그러나 열한 살이 된 샌디는 선생들이 "좋은 아침입니다"라고 말할 때 '아침'을 일부러 강조한다는 사실을 눈치챘다. "침이라도 뱉고 싶군요"라고 말하는 것 같기도 했다. 브로디 선생은 평소의 도도한 말투에 한층 더 강한 잉글랜드식 억양을 더해 대답했다. "좋은 아침이네요." 복도에 선 그녀는 우월함이라는 전차 바퀴로 그들의 경멸을 깔아뭉개며 대답했고, 무시하듯 그들 쪽으로 거의 고개를 돌리지도 않았다. 걸을 때는 머리를 높이, 높이 쳐들었고, 때로는 교실에 도착하면 들어와 잠시 문에 기대서 안도한 듯 숨을 돌리는 모습을 보이기도 했다. 음악 시간이나 재봉 시간이 되어 쉴 틈이 생길 때도 교사 휴게실에 가지 않고 학급을 따라 이동하는 경우가 더 많았다.

학교에 있는 두 명의 재봉 선생은 다른 선생들과 좀 달랐고 정식 선생으로 인정받지 않았다. 세 자매 중 제일 나이 많은 언니가 죽고 남은 두 자매가 재봉 선생을 맡고 있었는데, 그들 인생의 지도자였던 큰언니의 빈자리는 무엇으로도 채울 수 없었다. 두 자매의 이름은 엘런 커, 앨리슨 커였다. 윤기 없고 단정치 못한 머리에 건조한 납빛 피부, 새 같은 눈을 하고, 언제나 당황한 것처럼 보이는 그들은 뭐가 됐든 뒷이야기를 떠들고 다닐 위인이 못 되었다. 재봉을 가르치는 대신 그들은 학생들의 일감을 하나씩 집어들고 대부분의 작업을 직접 해버렸다. 최악의 경우 학생들이 이미 완성한 바느질을 다 뜯은 다음 "이렇게 하면 안 되지" 혹은 "이건 시침질이 아니야, 이래서야 솔기가 터지고 말아"라고 중얼대며 처음부터 다시 하기도 했다. 그들은 천성적으로 선생이란 흠잡을 데가 없다고 믿었기에 여태 브로디 선생을 판단하려는 생각조차 하지 않았다. 그래서 재봉 시간은 모두에게 커다란 휴식을 제공했고, 브로디 선생은 크리스마스 전까지 매주 재봉 시간에 학생들에게 『제인 에어』를 읽어주었다. 학생들은 이야기를 들으며 바느질감에 작고 재미있는 핏자국을 남길 요량으로 적당히 자기 엄지손가락을 찔렀고, 그들의 바느질감은 이내 핏자국으로 도안을 만들 수 있을 정도가 되었다.

음악 수업은 재봉 수업과 완전히 달랐다. 미술실에서 브로디 선생이 로이드 선생과 키스를 했다는 소식이 전해지고 몇 주 뒤, 학생들은 브로디 선생이 음악 시간 내내, 그리고 그전후로도 상기돼 있다는 사실을 분명히 알아챌 수 있었다. 음악 수업이 있는 날이면 브로디 선생은 제일 좋은 새 옷을 입고 오기도 했다.

샌디가 모니카 더글러스에게 물었다. "브로디 선생님하고 키스한 게 로이드 선생님이 확실해? 로더 선생님 아니고?"

"로이드 선생님이었어." 모니카가 대답했다. "그리고 음악실이 아니라 미술실이었고. 로더 선생님이 대체 왜 미술실에 있겠어?"

"로이드랑 로더 두 사람 비슷하게 생겼잖아." 샌디가 말했다.

모니카의 얼굴에 분노가 끓어올랐다. "로이드 선생님이었어. 하나뿐인 팔로 브로디 선생님을 안고 있었다고." 모니카가 말했다. "내가 봤단 말이야. 너희한테 괜히 말했어. 로즈 말고는 아무도 안 믿잖아."

로즈 스탠리가 모니카의 말을 믿긴 했지만 그건 사실 로즈가 그 일에 관심이 없어서였다. 무리 중 브로디 선생의 연애와 다른 누구의 성적인 일에 가장 관심 없는 사람이 바로 로즈였다. 그 사실은 나중에도 변함이 없었다. 이후 성적 매력으로 유명해졌을 때 로즈를 놀랍도록 매력적인 존재로 만든 것도 바로 그녀가 섹스에 대해 아무런 호기심이 없고 섹스에 대해 생각하는 일도 없다는 점이었다. 후에 브로디 선생이 말한 것처럼, 로즈는 단지 본능만을 지니고 있었다.

"로즈 말고는 아무도 내 말을 믿지 않아." 모니카 더글러스가 되풀이했다.

1950년대 후반, 수녀원으로 샌디를 만나러 온 모니카가 말했다. "그때 브로디 선생님이랑 테디 로이드가 미술실에서 키스하는 거, 진짜 봤어."

"나도 알아." 샌디가 대답했다.

전쟁이 끝나고 어느 날 함께 브레이드힐스 호텔에 앉아 브로디 선생이 집에서 받는 배급 식량으로는 만들 수 없는 샌드위치와 차를 들며 샌디에게 직접 그 일을 털어놓기 전에도 샌디는 알고 있었다. 배신당하고 초라해진 브로디 선생은 오랫동안 입어온 사향쥐 모피 코트를 입고 있었다. 정년 전에 그녀는 학교를 떠나야 했다. 브로디 선생이 말했다. “내 전성기는 끝났어.”

“좋은 전성기였어요.” 샌디가 대답했다.

그들은 넓은 창 너머 작은 브레이드번 개울이 들판과 멀리 언덕을 지나 반짝이며 흘러가는 것을 보았다. 태곳적부터 이어져온 듯 한결같은 그 물줄기는 전쟁을 치르면서도 전혀 손상되지 않았다.

“너도 알겠지만, 테디 로이드는 나에게 완전히 빠져 있었어.” 브로디 선생이 말했다. “나도 그랬고. 굉장한 사랑이었지. 하루는 미술실에서 그가 내게 키스를 했어. 그러나 연인이 되진 않았지. 네가 에든버러를 떠나고 유혹이 최고조에 이르렀을 때도 말이야.”

샌디는 작은 눈으로 언덕을 보았다.

“하지만 난 그를 단념했어.” 브로디 선생이 말을 이었다. “결혼한 남자였으니까. 내 전성기의 위대한 사랑을 단념한 거지. 우린 모든 점이, 예술적인 기질이 같았어.”

그녀는 자신의 전성기가 예순까지 지속될 거라고 생각했다. 그러나 그해, 종전 후 그해, 쉰여섯 살이 되던 그해가 그녀의 마지막 해였다. 선생은 나이보다 늙어 보였고 몸속 종양으로 고통받고 있었다. 그해는 이 세상에서 보낸 그녀의 마지막 해였고, 다른 의미에서 샌디에게도 그랬다.

초라한 모습으로 앉아 있던 브로디 선생이 말했다. “1931년 늦가을에—듣고 있니, 샌디?”

샌디가 언덕에서 눈을 돌렸다.

1931년 늦가을에, 브로디 선생은 이 주 동안 학교에 오지 않았다. 신병이 이유였다. 방과후 브로디 무리는 꽃을 들고 그녀의 아파트로 갔지만 집에는 아무도 없었다. 다음날 학교에 물어보니 몸이 나아질 때까지 요양차 시골에 있는 친구 집에 갔다고 했다.

그동안 브로디 선생의 학급은 흩어져 다른 선생들 반으로 보내졌다. 브로디 무리는 다 함께 비쩍 마른, 웨스턴아일 출신에다 담요 같은 회색 천으로 만든, 무릎까지 오는 치마를 입는 곤트* 선생의 반으로 가게 되었다. 무릎까지 오는 길이의 치마가 유행하던 때도 봐주기 어려운 치마였다. 천을 아끼기 위해 치마를 짧게 만든 거라고 로즈 스탠리는 말했다. 그녀의 얼굴은 크고 앙상했다. 코르셋으로 누른 가슴은 납작했고 셔츠는 음산한 녹색이었다. 갑자기 열심히 공부해야 하는 상황에 혼란스럽고 하루종일 입도 뻥끗 못하게 위협하는 곤트 선생의 엄격함과 딱딱한 태도에 당황한 브로디 무리에게 그녀는 일말의 배려도 하지 않았다.

"아, 이런." 어느 날 모두 글짓기를 하고 있을 때 로즈가 큰 소리로 말했다. "'소유possession'를 어떻게 쓰더라? s가 두 개였나, 아님—"

"「마미온」**을 백 번 쓰도록." 곤트 선생이 로즈에게 소리쳤다.

첫 주가 끝날 때쯤 기말 성적표에 반영될 벌점 기록지에는 브로디 무리의 이름이 빼곡히 적혀 있었다. 벌점을 기록하기 위해 이름을 물을 때를 제외하면 곤트 선생은 무리의 이름에 아무 관심이 없었다. "거기 너." 무리의 누구든 곤트 선생은 그렇게 호명했다. 어찌나 겁을 먹었는지, 브로디 무리는 매주 수요일에 있는 음악 수업이 그주에는 없다는 사실조차 알아차리지 못했다.

---

* 곤트(Gaunt)에는 '깡마른' '수척한'이라는 뜻이 있다.

** 월터 스콧의 시.

목요일 이른 오후, 그들은 다 같이 재봉실로 들어갔다. 두 재봉 선생, 앨리슨 커와 엘런 커 자매도 비쩍 마른 곤트 선생에게 겁을 먹은 듯했고 곧 학생들에게 사용법을 가르치던 재봉틀 앞에 바짝 붙어앉았다. 재봉틀 바늘이 위아래로 움직이기 시작했다. 성행위를 연상시키는 모든 것에 웃음을 터뜨리던 시절이었으니 여느 때라면 샌디와 제니가 킥킥대며 웃음을 터뜨리기 시작했을 터였다. 그러나 브로디 선생의 부재와 곤트 선생의 존재 때문에 모든 것에서 성적인 의미를 연상하던 일이 확연히 줄어들었고, 겁먹은 재봉 선생의 존재 역시 암울한 현실을 각성시키는 데 한몫했다.

곤트 선생은 아무래도 커 자매와 같은 교구의 교회에 다니는 듯했고, 자수틀에 끼운 천에 수를 놓으며 자매들에게 이따금씩 이런저런 말을 건넸다.

"우리 오빠가 그러는데……" 그런 말들이었다. "오빠 말로는……"

곤트 선생의 오빠가 그 교구의 목사임이 틀림없었다. 앨리슨과 엘런 자매가 유난히 긴장하고 조심하는 것도 그래서였다. 그러나 그 바람에 재봉질은 자꾸만 더 엉망이 되어갔다.

"오라버니는 새벽 다섯시 반이면 일어나지…… 오빠가 준비하는……"

샌디는 브로디 선생이 재봉 시간에 읽어주던 책, 재봉 시간을 흥미롭게 해주던 『제인 에어』의 다음 부분을 생각하고 있었다. 이제 샌디는 앨런 브렉과 결별하고 로체스터의 연인이 되어 정원에 함께 앉아 있었다.

"날 무서워하는군요, 샌디."

"마치 스핑크스처럼 말씀하시네요. 하지만 전 무섭지 않아요."

"당신은 너무 근엄하고 말이 없어요, 샌디. 떠나려는 거요?"

"시계가 아홉시를 알리는걸요."

그때 곤트 선생의 한마디가 난데없이 정원 장면에 끼어들었다. "로더 선생이 이번주에 출근하지 않았죠."

"네, 그렇게 들었어요." 앨리슨이 대답했다.

"적어도 한 주는 더 못 올 것 같더군요."

"편찮으신가요?"

"안타깝게도 그런 것 같아요." 곤트 선생이 대답했다.

"브로디 선생님도 몸이 불편하시다고 들었는데요." 엘런이 덧붙였다.

"그래요." 곤트 선생이 말했다. "브로디 선생도 한 주 더 못 온다고 하더군요."

"어디가 불편하신가요?"

"나도 모르겠어요." 곤트 선생이 대답했다. 그녀는 자수천에 바늘을 찔러넣었다가 빼냈다. 그러고는 고개를 들어 커 자매를 보았다. "브로디 선생과 로더 선생이 같은 병을 앓고 있는지도 모르죠." 곤트 선생이 말했다.

샌디는 로체스터와 함께 정원에 앉아 있다가 늦은 시간 집으로 들어가는 제인을 다 안다는 듯한 시선으로 빤히 쳐다보던 『제인 에어』 속 하녀처럼 곤트 선생 얼굴을 쳐다보았다.

"브로디 선생님이랑 로더 선생님이 연애를 하나봐." 그들을 둘러싼 무성無性의 암울한 분위기를 바꿔볼 요량으로 샌디가 무심히 제니에게 말을 걸었다.

"하지만 브로디 선생님과 입을 맞춘 건 로이드 선생님이잖아. 로이드 선생님과 사랑에 빠졌겠지, 아니면 자기한테 키스하도록 두지 않았을 거야."

"연애 감정을 로더 선생님에게 푸는 거겠지. 로더 선생님은 결혼을 안 했으니까."

시시껄렁한 공상으로 곤트 선생과 근엄한 그녀 오빠의 존재에 반항하려던 것뿐이었고 둘 다 그 대화를 공상 이상으로 생각하지 않았다. 그러나 "브로디 선생과 로더 선생이 같은 병을 앓고 있는지도 모르죠" 라고 말하던 곤트 선생의 표정을 떠올린 샌디는 문득 그게 정말 공상일까 의문이 들었다. 그래서 그 공상 속 연애의 구체적인 사항에 제니만큼 흥을 낼 수가 없었다. 제니가 속삭였다. "침대로 가는 거야. 로더가 불을 끄고. 두 사람의 발가락이 닿지. 그다음엔 브로디 선생님이…… 브로디 선생님이……" 제니가 갑자기 쿡쿡 웃음을 터뜨렸다.

"브로디 선생님이 하품을 하지." 이 공상이 모두 사실일지 모른다는 생각에 예의를 지키고 싶어진 샌디가 끼어들었다.

"아냐, 브로디 선생님은 '내 사랑'이라고 할 거야, 선생님이—"

"쉿," 샌디가 속삭였다. "유니스가 오고 있어."

유니스는 제니와 샌디가 앉아 있는 테이블로 오더니 가위를 집어들고 가버렸다. 최근 종교에 심취한 유니스 앞에서는 성적인 이야기를 할 수 없었다. 유니스는 콩콩 한 발로 뛰면서 돌아다니는 짓도 그만두었다. 종교에 대한 열정이 오래가지는 않았지만 그동안 유니스는 별나게 굴었고 아무 말이나 할 수 있는 대화 상대가 아니었다. 유니스가 충분히 멀리 간 뒤 제니가 말을 이었다.

"로더 선생님 다리가 브로디 선생님 다리보다 짧으니까, 브로디 선생님이 다리로 로더 선생님 다리를 감겠지, 그런 다음—"

"로더 선생님이 어디 사는지 알아?" 샌디가 물었다.

"크래먼드. 가정부가 있는 큰 집에 살아."

종전 이듬해, 브레이드힐스 호텔 창가에 브로디 선생과 앉아 있던 샌디는 이야기를 듣고 있다는 뜻으로 언덕에서 눈을 돌려 다시 선생을 보았다. 브로디 선생이 말을 이었다.

"난 테디 로이드를 단념했어. 하지만 연애는 하기로 결심했지, 그것만이 유일한 치료약이었으니까. 테디에 대한 나의 사랑은 절대적인 것이었고, 그는 내 전성기의 사랑이었지. 1931년 가을, 난 고든 로더와 연애를 시작했어. 그는 독신이었고 그래서 더 합당했으니까. 이게 진실이고 더 할말은 없어. 듣고 있니, 샌디?"

"네, 듣고 있어요."

"꼭 다른 생각을 하고 있는 것 같구나. 어쨌든, 금방 말한 것처럼 그게 전부야."

샌디는 다른 생각을 하고 있었다. 그게 전부가 아니라는 생각.

"물론 다들 우리 사이를 의심했지. 어쩌면 너희도 알고 있었을지 모르겠다. 샌디, 넌 어렴풋이 감을 잡고 있었겠지…… 하지만 아무도 고든 로더와 나 사이에 무슨 일이 있었는지 증명하지 못했어. 결국 아무것도 입증하지 못했지. 그 일로 내가 배신을 당한 건 아니야. 누가 날 배신했는지 알면 좋겠는데. 내 제자 중 누군가 날 배신했다니, 믿을 수 없는 일이야. 불쌍한 메리 짓이 아닐까, 가끔 생각하곤 하지. 메리에게 더 잘해줬어야 했는지도 몰라. 어쨌거나 메리 일은 비극이지. 화재며 가엾은 그애 모습을 생각해보곤 해. 그래도 메리가 어떻게 날 배신할 수 있었는지 모르겠다."

"학교를 떠난 뒤로 그애는 누구와도 연락하지 않았어요." 샌디가 말했다.

"그럼 로즈가 배신했을까?"

브로디 선생의 징징대는 목소리—'날 배신한 게, 날 배신한 게……'—그 소리가 샌디는 거슬리고 짜증스러웠다. 이 성가신 여자를 배신한 게 벌써 칠 년 전 일이군, 샌디는 생각했다. 브로디 선생은 뭘 '배신'이라 얘기하는 걸까? 샌디는 다른 사람의 비판에 바위처럼 무심했던, 배신 따윈 당할 수 없던 과거의 브로디 선생을 찾기라도 하듯 창밖의 언덕으로 다시 시선을 돌렸다.

이 주간의 병가 후 돌아온 브로디 선생은 학생들에게 휴가를 아주 잘 보냈으며, 자신은 이런 휴가를 보낼 자격이 있음을 설명했다. 로더 선생의 음악 수업도 평소처럼 재개되었으며 로더 선생은 머리를 높이, 높이 들고 학생들과 함께 당당히 음악실로 들어서는 브로디 선생을 활짝 웃는 얼굴로 맞았다. 브로디 선생은 이제 피아노 앞에 반듯이 앉아 반주를 했고, 때로는 우수에 젖은 표정으로 〈양치기의 행복한 삶〉*의 제2소프라노 파트를 풍부한 성량으로 따라 부르기도 했으며, 연례 발표회 때 선보일 다른 아름다운 곡을 함께 부르기도 했다. 짧은 다리에 수줍음이 많은 금발의 로더 선생은 더이상 제니의 곱슬머리에 장난을

* 윌리엄 블레이크의 시 「양치기」에 곡을 붙인 찬송가.

치지 않았다. 잎이 떨어진 나뭇가지들이 창문에 와 부딪쳤고, 샌디는 음악 선생은 브로디 선생에게 빠져 있고, 브로디 선생은 미술 선생에게 빠져 있다고 거의 확신하고 있었다. 로즈 스탠리는 팔이 하나뿐인 테디 로이드 선생을 향한 브로디 선생의 열정을 구현할 자질을 아직 드러내지 않았고, 브로디 선생의 전성기는 아직 배신당하지 않은 채 여전히 번영을 누리고 있었다.

브로디 선생이 로더 선생과 자는 모습을 상상하는 건 불가능했고 어떤 상황이든 브로디 선생을 섹스와 관련해 상상하기란 불가능한 일이었지만 동시에 그런 일이 일어나지 않았을 거라고 생각하는 일 역시 불가능했다.

부활절 기간 동안 매카이 교장은 소녀들을 몇 명씩 함께, 나중에는 한 명씩 따로 서재로 불러 차를 마시며 이야기를 나누었다. 중등부에 올라가기 전 현대 학문을 선택할지 고전 학문에 지원할지 묻기 위한 의례적인 자리였다.

브로디 선생은 이미 다음과 같이 그들에게 방향을 제시한 바 있었다. "현대 학문이 나쁘다고 말할 생각은 전혀 없어요. 현대 학문이든 고전 학문이든 똑같이 중요하고 둘 모두 삶에 필요한 기능을 가지고 있으니까. 자유롭게 선택하도록 해요. 게다가 모두가 고전 학문을 배울 능력이 있는 것도 아니고. 부디 자유롭게 선택하도록." 그래서 소녀들은 현대 학문에 대한 브로디 선생의 경멸을 확신할 수 있었다.

그녀의 특별한 무리 중 오직 유니스 가드너만이 현대 학문을 선택하기로 결정했는데, 부모님이 가정학 수업을 듣기를 바랐고, 유니스 역시 현대 학문에서 가르쳐주는 체조 및 각종 체육 경기에 대한 지식을 넓히고 싶어했기 때문이다. 견진성사 준비에 열심이던 유니스는 브로디 선생의 사랑을 받기에는 여전히 너무 경건했다. 이제 체육관 밖에서는 재주를 넘지 않았고 손수건에 라벤더 향을 뿌리고 다녔으며 로즈 스탠리 이모의 립스틱을 발라보라는 권유를 거절했고 국제 체육 경기에 의아할 정도로 열광적인 관심을 보였을뿐더러 브로디 선생이 처음이자 마지막으로 그들을 엠파이어 극장에 데리고 가 파블로바의 무용을 보여주었을 때도 '사교적'에 가야 한다고 변명하며 같이 가지 않았다.

"사교적 뭐라고?" 브로디 선생이 물었다. 뭔가 이단의 냄새를 맡을 때면 그녀는 언제나 단어에 까다롭게 굴곤 했다.

"교회에서 하는 모임이에요, 브로디 선생님."

"그래, 알겠어. 하지만 사교적 뭐라는 거지? '사교적'은 형용사인데 지금 명사처럼 쓰고 있잖아. 사교적 모임을 말하려는 거라면, 부디 그 모임에 가도록 해요. 우리는 위대한 안나 파블로바, 무대에 모습을 드러내기만 해도 다른 무용수들을 마치 코끼리처럼 보이게 만드는, 모든 것을 바친 바로 그 여성이 있는 곳에서 우리의 사교적 모임을 가질 테니. 부디 그 사교적 모임에 가도록 해요. 우리는 백조의 죽음을 연기하는 파블로바의 모습을 감상할 거예요, 영원히 기억될 위대한 순간이겠죠."

그 학기 내내 브로디 선생은 유니스가 적어도 매우 위험한 세계의 어떤 지역에서 개척 선교사로 일하려는 꿈을 갖게 하기 위해 애를 썼다. 무리의 학생 중 누구라도 소명에 헌신하는 삶을 살지 않는다는 생각을 그녀는 견딜 수 없었던 것이다. "넌 결국 코스토핀 같은 촌구석의 걸가이드 지도자나 되고 말 거야." 브로디 선생은 경고하듯 유니스에게 말하곤 했지만, 유니스는 그 생각이 내심 싫지 않았고 실제로 코스토핀에 살고 있기도 했다. 그 학기는 파블로바와 무용에 대한 그녀의 헌신, 그녀의 엄청나게 신경질적인 기질, 이류를 향한 그녀의 경멸, 그리고 그녀에 대한 전설적 이야기들로 채워졌다. "그녀는 단원을 향해 소리를 질렀지." 브로디 선생이 말했다. "위대한 예술가는 그런 행동을 해도 용서받는 법이야. 그녀는 영어가 아주 유창하고 억양도 매력적이지. 나중에 집으로 돌아가서 그녀는 마당 호수에 키우는 백조를 지켜봐요."

"샌디," 안나 파블로바가 말했다. "나 말고 무용에 모든 것을 바친 사람은 오직 너뿐이야. 너의 빈사의 백조는 완벽했어. 무대 바닥으로 떨어질 때의 그 섬세한 마지막 발동작이라니……"

"알아요." 무대 끝에서 쉬고 있던 샌디가 대답했다("최선을 다하고 있어요"가 나을까 고민했지만).

파블로바는 안다는 듯 고개를 끄덕이고는 비극적 추방자와 예술가의 눈빛으로 허공을 응시했다. "예술가라면 누구나 다 알지." 파블로바가 대답했다. "그렇지 않아?" 그러더니 히스테리 직전의 절박한 목소리와 매력적인 억양으로 단언했다. "난 단 한 번도 이해받지 못했어. 결코, 단 한 번도."

샌디는 한쪽 발에서 토슈즈를 벗어 무심히 무대 반대편으로 던졌고, 누군지 모를 군무 무용수 하나가 공손히 토슈즈를 받아 정리했다. 다른 쪽 토슈즈를 벗으려다 말고 샌디가 파블로바에게 말했다. "난 당신을 이해한다고 확신해요."

"맞아." 샌디의 손을 움켜잡으며 파블로바가 소리쳤다. "넌 예술가고 선구자가 될 테니까."

브로디 선생의 목소리가 들려왔다. "백조 동작을 완벽하게 연기하기 위해 파블로바는 그녀의 백조들을 관찰해요, 연구하는 거죠. 이런 것이 진정한 헌신입니다. 여러분은 모두 스스로를 소명에 바칠 수 있는 여성으로 자라야 해요, 내가 여러분에게 헌신하는 것처럼."

죽기 몇 주 전, 양로원 침대에 앉아 모니카 더글러스로부터 샌디가 수녀원에 들어갔다는 말을 전해 들은 브로디 선생이 말했다. "그런 낭비를. 내가 말한 헌신은 그런 게 아니야. 샌디가 나를 화나게 하려고 이런 짓을 하는 것 같지 않니? 혹시 날 배신한 게 샌디가 아닌가 싶은 생각이 드는구나."

교장은 부활절 방학이 시작하기 바로 전에 샌디와 제니와 메리를 서재로 불러 차를 대접하면서 그들에게 으레 묻는 것들, 즉 중등부에서 무슨 공부를 하고 싶은지, 현대 학문과 고전 학문 중 뭘 공부하고 싶은지 물었다. 메리 맥그레거는 점수가 모자라서 고전을 선택할 수 없었다. 메리는 그 이야기를 듣자 실망한 눈치였다.

"메리, 왜 그렇게 고전 학문을 하고 싶어하지? 고전 학문은 네게 적합하지 않아. 부모님도 그렇게 생각하시지 않니?"

"브로디 선생님이 고전 학문을 더 좋아하시거든요."

"이건 브로디 선생과 아무 상관 없는 일이야." 매카이 교장이 넓은 등을 의자 등받이에 더 바짝 붙여 앉으며 말했다. "네 성적이나 너와 네 부모님 의견이 중요한 거지. 네 경우에는 고전 학문을 선택할 성적이 안 돼."

제니와 샌디가 고전 학문을 선택하자, 매카이 교장이 물었다. "브로디 선생이 고전 학문을 좋아하기 때문이겠지, 아마도. 결혼을 하거나 직업을 구할 때 라틴어나 그리스어가 무슨 쓸모가 있겠니? 독일어가 더 유용하지."

하지만 그들은 고전 학문을 고집했고, 매카이 교장은 그 선택을 받아들이면서 학생들의 환심을 사기 위해 브로디 선생을 칭찬하는 속이 빤히 보이는 짓을 시작했다. "브로디 선생이 없으면 큰일이야. 선생이 가르치는 학생들은 언제나 특별한 데가 있어. 지난 이 년간 지도한 학생들은 특히 더 그랬지."

그러고 나서 매카이 교장은 질문을 퍼붓기 시작했다. 브로디 선생이 너희를 극장, 미술관, 산책에 데려가고 집에 초대해 차도 마신다며? 정말 다정하기도 하지. "극장에 가면 브로디 선생이 너희 표를 모두 사주니?"

"어떨 때는요." 메리가 대답했다.

"항상 표를 다 사주시는 건 아니에요." 제니가 대답했다.

"위쪽 좌석에 앉아요." 샌디가 덧붙였다.

"그래, 브로디 선생은 정말 친절하구나. 너희 모두 감사하는 마음을 가졌으면 좋겠다."

"오, 물론이죠." 이 대화가 혹 브로디 선생에게 해를 끼칠까 걱정하는 마음에 모두가 한목소리로 대답했다. 교장은 그 사실을 놓치지 않았다.

"아주 좋아." 교장이 대답했다. "브로디 선생과 음악회에도 가니? 브로디 선생은 음악을 아주 좋아할 것 같은데?"

"네." 친구들이 나서주기를 기대하는 마음으로 주위를 둘러보며, 메리가 대답했다.

"지난 학기엔 브로디 선생님과 오페라 〈라 트라비아타〉를 보러 갔어요." 제니가 대답했다.

"브로디 선생이 음악을 좋아하지?" 샌디와 제니를 향해 매카이 교장이 다시 한번 물었다.

"파블로바 공연을 봤어요." 샌디가 대답했다.

"브로디 선생이 음악을 좋아하는구나?" 매카이 교장이 또 물었다.

"브로디 선생님은 예술에 더 관심이 있으신 것 같아요, 선생님." 샌디가 대답했다.

"하지만 음악도 예술의 하나인걸."

"회화나 데생 같은 예술요." 샌디가 말했다.

"미처 몰랐던 사실이구나." 매카이 교장이 덧붙였다. "너희는 피아노 수업을 받니?"

모두가 그렇다고 대답했다.

"누구에게 받지? 로더 선생에게?"

로더 선생의 피아노 수업은 정규 수업이 아니었고 세 소녀는 집에서 따로 피아노 수업을 받고 있었기에 모두 다른 대답을 했다. 그러나 이제 로더 선생의 이름이 언급되자, 심지어 아둔한 메리조차 매카이 교장의 의도를 의심하기 시작했다.

"음악 수업 시간에 브로디 선생이 피아노를 연주한다고 들었는데. 샌디, 왜 선생님이 음악보다 미술을 더 좋아한다고 생각하지?"

"선생님이 저희한테 그렇게 말씀하셨거든요. 음악에는 관심이 있을

뿐이지만, 미술에는 열정을 갖고 있다고 브로디 선생님이 말씀하셨어요."

"그럼 너희는 어떤 문화적인 관심을 갖고 있지? 무언가에 열정을 갖기에는 너무 어리다고 생각하지만."

"이야기요, 선생님." 메리가 대답했다.

"브로디 선생이 너희에게 이야기를 해주니?"

"네." 메리가 대답했다.

"어떤 이야기?"

"역사요." 제니와 샌디가 동시에 대답했다. 언젠가 그 질문을 받을지 모른다고 생각하며 거짓 없는 진실을 답하기 위해 머리를 쥐어짜내 준비해둔 대답이었다.

테이블에서 쟁반으로 케이크를 옮기다 말고, 매카이 교장은 잠시 멈춰 그 둘을 보았다. 분명 잘 준비된 대답이라는 생각이 든 것이다.

교장은 더이상 묻지 않았지만 의미심장한 말을 덧붙였다.

"브로디 선생 반에 들어간 것은 큰 행운이야. 수학시험 결과가 조금 더 좋았으면 싶긴 하지만. 브로디 선생의 지도를 받은 학생들에게 난 어떤 의미에서든 늘 놀라곤 하지. 졸업시험을 치려면 시시해 보이는 평범한 과목들도 열심히 공부해야 할 거다. 브로디 선생이 중등부 대비를 아주 잘해주고 계시지. 부족한 지식을 문화가 보충해줄 수는 없단다. 다들 브로디 선생 지도를 잘 따르고 있는 것을 보니 기쁘구나. 충성은 개인이 아니라 학교를 향해야 할 거야."

이 대화가 전부 브로디 선생에게 보고되지는 않았다.

그러나 샌디는 "매카이 교장선생님께 선생님이 얼마나 미술을 좋아하는지 말씀드렸어요"라고 말했다.

"물론이지." 브로디 선생이 말했다. "하지만 '좋아한다'니, 가당찮은 표현이야. 회화는 나의 열정이니까."

"바로 그렇게 말씀드렸어요." 샌디가 대답했다.

실제로 이미 두어 번 그렇게 말한 적도 있지만, 브로디 선생은 "언젠가 넌 내가 용인할 수 있는 선을 넘고 말 거야"라고 말하기라도 하듯 샌디를 빤히 쳐다보았다.

"음악과 비교해서 말이에요." 돼지처럼 작은 눈을 깜빡이며 샌디가 덧붙였다.

부활절 방학이 끝날 무렵, 성에 대한 화제로 점철된 그해의 대미를 장식할 사건이 벌어졌다. 워터오브리스 강가에서 혼자 걷고 있던 제니 옆으로 한 남자가 명랑하게 다가온 것이다. 그는 "이리 와서 이것 좀 봐" 하고 말을 걸었다.

"뭔데요?" 땅에 떨어진 아기 새를 주웠거나 신기한 식물을 발견했겠거니 생각한 제니가 남자 쪽으로 다가가며 물었다. 보라는 게 뭐였는지 깨달은 제니는 어디 다친 데도 없고 남자가 쫓아오지도 않았음에도 숨을 몰아쉬며 도망쳤고, 곧 경악하고 걱정에 찬 어른들에게 둘러싸여 충격을 극복하기 위해 설탕을 듬뿍 넣은 차를 마시라는 처방을 받았다. 경찰에 신고가 들어갔고 나중에 멋진 여자 경찰관이 조사를 위해 제니 집으로 찾아왔다.

이 일련의 사건들은 부활절 방학의 남은 기간을 팽이처럼 정신없이 돌아가게 할 만큼 흥미로운 요소를 가득 지니고 있었고, 여름 학기 내

내 이어졌다. 이 사건이 샌디에게 끼친 첫번째 영향은 부정적인 것이었다. 제니가 그 남자를 만났던 곳처럼 외진 곳까지 혼자 외출해도 된다는 허락을 받으려던 참에 그 일이 벌어졌기 때문이다. 샌디는 여전히 혼자 외출할 수 없게 됐지만, 그건 대수롭지 않은 일이었다. 그것 말고는 전부 바람직한 일이었으니까. 이 사건에 대한 이야기는 크게 두 가지로 정리할 수 있었다. 하나는 그 남자와 그가 보여주려 했던 것의 정체, 다른 하나는 제니를 만나러 온 여자 경찰관이었다.

첫번째 이야깃거리는 곧 소진되고 말았다.

"정말 징그러운 놈이야." 제니가 말했다.

"짐승 같으니." 샌디가 대꾸했다.

그러나 여자 경찰관에 대해서는 할 이야기가 무궁무진했고 샌디는 직접 보지 못했을 뿐만 아니라 그때까지 한 번도 여자 경찰관을 만난 적조차 없었지만(여자 경찰은 최근에야 생겼으므로), 그 여름 앨런 브렉과 로체스터는 물론 여타 소설 속 다른 영웅을 모두 잊고, 제니를 만나러 왔던 여자 경찰관, 한 번도 본 적 없는 그녀와 사랑에 빠지고 말았다. 그리고 그 덕에 제니의 흥분 역시 계속 유지될 수 있었다.

"그 경찰관이 어떻게 생겼어? 헬멧을 썼어?"

"아니, 경찰모. 짧은 금발 곱슬머리가 모자 밑으로 조금 나와 있더라. 짙은 청색 제복을 입고 있었고. '나한테 다 이야기해보렴.' 그렇게 말했어."

"그래서 넌 뭐라고 했어?" 샌디가 네번째로 같은 질문을 던졌다.

제니가 네번째로 같은 질문에 대답했다. "난 이렇게 말했지. '그 남자는 강둑 옆 나무 아래를 걷던 중이었는데, 손에 뭘 쥐고 있었어요.

절 보더니 크게 웃고는 이리 와서 이걸 좀 보라는 거예요. 저는 뭘 보라는 거냐고 물었죠. 그러고 그쪽으로 조금 걸어가서 보니까……' 하지만 본 걸 말할 수는 없었어, 어떻게 말하겠어? 그러니까 묻더라고. '은밀한 거*라도 보았니?' 그래서 난 '네'라고 대답했지. 그다음에 그 남자 생김새를 묻고 또……"

이건 벌써 몇 번이나 들은 얘기였다. 샌디는 여자 경찰관에 대해 새로운 걸 알고 싶었고, 상상의 재료가 필요했다. 제니는 '음란'을 '은밀'이라고 말했는데 제니에겐 흔치 않은 일이었다.

"그 경찰이 '음란'이라고 했어, 아님 '은밀'이라고 했어?" 네번째로 같은 설명을 들은 샌디가 물었다.

"은밀이라고 했어."

그 말에 샌디는 비위가 확 상해서 몇 달 동안 다시 섹스 생각을 할 마음이 나지 않을 정도였다. 실수를 무시하려고 노력하면 할수록 더 진저리가 나서, 샌디는 제니가 마음을 바꿔 사실은 경찰관이 그 단어를 제대로 말했다고 이야기하게 하려고 친구를 달달 볶았다.

"은밀이라고 말하는 사람들 많아." 제니의 대답이었다.

"나도 알아, 그런데 그런 사람들 질색이야. 이도 저도 아니고."

이 문제는 샌디를 적지 않게 괴롭혔고, 여자 경찰관이 말하는 모습도 다르게 상상해야 했다. 샌디를 곤란하게 만든 또다른 문제는 제니가 그 경찰관의 이름도 모르고 그녀가 '순경'인지 '경사'인지 혹은 그

---

* 원문은 '은신처의, 둥지의'라는 뜻을 지닌 nesty로, '음란한'이라는 뜻의 nasty와 발음이 유사하다. 사적인 공간에서 연상되는 은밀한 이미지 때문에 의도적으로 nasty를 대체해 쓰는 경우도 있다.

저 아무개 '양'이라고만 불렸는지조차 기억하지 못한다는 것이었다. 샌디는 그녀를 앤 그레이 경사로 부르기로 했다. 샌디는 경찰 내 앤 그레이 경사의 심복 경관이었고, 둘은 에든버러와 그 인근에서 섹스를 근절하는 일에 매진하고 있었다. 샌디는 자신이 본 일요 신문에서 예컨대 "관계를 맺었다"라든가 "원고는 임신 상태임이 밝혀졌다" 같은 적절한 전문적 표현을 찾아냈다. 섹스와 관련된 기사에서 여자들은 '아무개 양' 혹은 '누구누구 부인' 같은 호칭 없이 성으로만 불렸다. 검찰은 발표하곤 했다. "윌리스는 보호감호중이며……" "로벅은 임신 상태임이 밝혀졌다."

샌디는 진청색 경찰모 챙을 뒤로 눌러쓴 채 계단에 걸터앉아 있었고 앤 그레이 경사는 그 옆에 앉아, 짐승 같은 사내가 나타나 제니에게 "이것 좀 봐"라고 말했던 워터오브리스 강가의 나무들 사이를 바라보고 있었는데, 사실 샌디는 한 번도 그곳에 가본 일조차 없었다.

"해결할 사건이 하나 더 있는데," 샌디가 말했다. "브로디 사건에 대해서, 그리고 마샤 블레인 여학교 음악 교사로 알려진 고든 로더와의 관계로 그녀가 임신 상태에 있는지의 여부에 대해서 조금 더 조사를 할 필요가 있습니다."

"관계를 맺은 것이 분명해." 진청색 제복에 모자 밑으로 나온 금색 곱슬머리가 멋진 앤 그레이 경사가 대답했다. "유죄를 입증할 증거만 몇 개 입수하면 되는데." 그녀가 덧붙였다.

"저에게 맡기세요, 앤 경사님." 샌디가 대답했다. 그즈음 샌디와 제니는 브로디와 음악 선생 간 연애편지를 작성하고 있었다. 앤 경사가 감사의 뜻으로 샌디의 손을 꽉 잡았다. 그들은 서로의 눈을 마주보았고 두 사람의 교감은 말로 표현하기에는 너무 심오한 것이었다.

방학이 끝나고 학기가 다시 시작하자 워터오브리스 강가에서 있었던 일은 제니와 샌디만 아는 비밀로 묻혔는데, 소문이 나면 안 된다고 제니의 엄마가 신신당부했기 때문이다. 그래도 브로디 선생과는 이 놀라운 비밀을 공유해야 할 것만 같았다.

하지만 첫날 오후, 무슨 이유에선지 샌디는 제니에게 말했다. "브로디 선생님한테 얘기하지 마."

"왜?" 제니가 물었다.

샌디는 이유를 생각해내기 위해 애를 썼다. 브로디 선생과 부쩍 명랑해진 로더 선생 간의 관계가 아직 분명히 밝혀지지 않았다는 점, 새 학기가 시작되자마자 브로디 선생이 학생들에게 한 첫번째 말이 "난 크래먼드의 작은 로마풍 마을에서 부활절 휴가를 보냈어요"였다는 점과 관련이 있었다. 크래먼드는 가정부를 두고 혼자 사는 로더 선생의 저택이 위치한 바로 그 마을이었다.

"브로디 선생님한테 말하지 마." 샌디가 말했다.

"왜?" 제니가 물었다.

샌디는 다른 이유를 더 생각해내려고 애썼다. 아침 수업에서 있던 일도 관련이 있었다. 새 학기 수업을 위해 스케치북과 목탄이 필요했던 브로디 선생이 모니카 더글러스를 미술실로 보냈다가 이내 다시 불러들이고는 대신 로즈 스탠리를 보냈다. 로즈가 스케치북과 분필갑을 두 손 가득 들고 교실로 돌아왔고, 역시 스케치북과 분필갑을 든 테디 로이드 선생이 따라왔다. 그는 스케치북을 내려놓고 브로디 선생에게 방학을 잘 보냈는지 물었다. 브로디 선생은 로이드 선생을 도우며 자신은 크래먼드를 두루 살펴보았다고, 에든버러 인근의 작은 항구 마을들을 무시해서는 안 된다고 대답했다.

"크래먼드에 두루 살펴볼 게 많을 줄은 정말 몰랐군요." 금발 앞머리가 눈까지 내려온 로이드 선생이 미소를 지으며 대답했다.

"실제로는 꽤 매력적이랍니다." 브로디 선생이 대답했다. "어디 다녀오시긴 했나요?"

"전 내내 그림을 그렸습니다." 쉰 목소리로 로이드 선생이 대답했다. "가족 초상화를 그렸어요."

선반에 스케치북을 쌓아올리던 로즈가 일을 다 마쳤다. 두 사람에게 돌아오자, 브로디 선생은 로즈의 어깨를 감싸고는 마치 자신과 로즈가 한몸인 양 로이드 선생에게 도와줘서 고맙다고 인사를 건넸다.

"찮아요." 로이드 선생이 대답했다. '괜찮아요'라는 뜻으로. 그러고는 교실에서 나갔다. 제니가 속삭였다. "방학 동안 로즈가 좀 변한 것 같지 않아?"

사실이었다. 짧게 자른 로즈의 금발은 전보다 더 반짝거리고 윤이 났다. 볼은 더 창백하고 살이 빠진 듯했고 똑바로 다 뜨지 않은 눈은 마치 특별한 사진을 위해 포즈를 취하듯 반쯤 감고 있었다.

"변화가 왔나봐." 샌디가 말했다. 브로디 선생은 그걸 초경이라고 불렀지만, 브로디 무리는 아직까지 그 단어를 입에 올리기만 해도 쑥스러워 웃음이 터졌고 부끄러운 생각이 들었다.

그날 오후, 수업이 끝나고 제니가 말했다. "브로디 선생님한테 내가 만난 그 남자 얘기를 하는 게 좋겠어."

"말하지 마." 샌디가 만류했다.

"왜 하지 마?" 제니가 물었다.

샌디는 이유를 생각해보려고 했지만 브로디 선생과 그녀가 크래먼드에서 보낸 휴가, 그리고 로즈를 로이드 선생에게 보낸 일이 뭔가 석연치 않다는 점을 빼고는 마땅한 이유가 떠오르지 않았다. 그래서 샌디는 말했다. "그 경찰관이 될 수 있으면 그 일을 잊으라고 그랬잖아. 브로디 선생님한테 말하면 다시 생각나겠지."

제니가 대답했다. "나도 그럴 것 같아."

그래서 그들은 워터오브리스 강가에서 본 그 남자는 잊고 학기가 흘러갈수록 그 경찰관에 대해서만 더 많이 생각했다.

마지막 몇 달 동안, 브로디 선생은 학생들에게 전보다 다정하게 대했다. 야단을 치거나 화를 내는 법이 없었고 어쩔 수 없는 경우에도 오직 메리 맥그레거에게만 신경질을 내곤 했다. 그해 봄, 브로디 선생은 학생들을 데리고 느릅나무 밑 벤치를 독점했다. 벤치에서는 진분홍 산사나무가 끝없이 늘어선 길이 보였고, 이른 아침 운행을 마친 뒤 샛길로 가볍게 돌아오는 빈 마차 바퀴 소리에 발맞춰 또각거리는 말발굽 소리도 들을 수 있었다. 멀지 않은 곳에서, 내년 그들의 모습을 미리 보여주듯 한 무리의 중등부 소녀들이 라틴어 문법 기초를 공부하고 있었다. 언젠가 라틴어 선생이 봄에 몹시 취한 나머지 달그락대며 보도를 지나가는 조랑말과 마차 소리에 맞춰 민요를 한 곡 부른 일이 있었고, 브로디 선생은 기쁨에 넘쳐 자기 반 소녀들이 그 소리에 귀를 기울이도록 검지를 세워들었다.

장날이 되면,

우리는 나귀를 데리고 가지.

이랴, 나귀야, 달려라 달려,

빨리빨리 걸으려무나.

그해 봄, 제니의 엄마는 출산을 앞두고 있었고 기억에 남을 만한 비는 내리지 않았으며 겨우내 제 몸에 갇혀 웅크리고 있던 잔디와 해, 새들이 막 세상 밖으로 눈을 돌리기 시작했다. 브로디 선생의 오래된 사랑 이야기는 느릅나무 밑에서 흥미로운 요소들로 새롭게 수놓이고 있었다. 전사한 그녀의 약혼자 휴가 전쟁중 휴가를 받아 나올 때면 종종 고기잡이배에 그녀를 태워 항해를 나가서는 작은 항구의 바위며 조약돌 사이에서 더할 나위 없이 즐거운 시간을 보내곤 했다는 것이었다. "때로 휴는 노래를 불러주곤 했지. 그는 아주 풍부하고 높은 음색을 가지고 있었거든. 가끔은 입을 다물고 이젤과 페인트를 꺼냈고. 그는 음악과 미술 모두에 대단한 재능이 있었지만, 나는 화가가 진정한 휴의 모습이었다고 생각해."

소녀들이 휴의 예술적 재능에 대해 들은 것은 이번이 처음이었다. 샌디는 이게 뭘 의미하는 걸까 고민하다가 제니와 상의했고, 둘 다 브로디 선생이 새 연애 이야기를 이전 이야기에 끼워맞추고 있다는 결론에 도달했다. 그때부터 샌디와 제니는 학급의 나머지 소녀들은 한 가지 의미로만 듣는 브로디 선생의 이야기를 두 개의 다른 귀로 들었다.

샌디는 사실들을 짜맞춰 새로운 그림을 만드는 브로디 선생의 방법에 매료되었고, 그 기법에 대한 감탄과 브로디 선생의 부정을 입증하고 싶다는 강렬한 욕망 사이에서 갈등했다.

"유죄를 입증할 자료들은 어떻게 됐지?" 특유의 명랑하고 다정한 말투로 앤 그레이 경사가 물었다. 그녀는 진정 너무도 매혹적이었다.

학기 중간 방학 때 샌디와 제니는 브로디 선생과 음악 선생 간의 연애편지를 완성했다. 그들은 파이프 해안 크레일 지역의 작은 마을에서 제니의 고모와 함께 방학을 보냈는데, 고모는 그들의 공책을 의심스럽게 여기곤 했다. 그래서 두 사람은 버스를 타고 해안도로를 따라 이웃 마을로 가, 어느 동굴 입구에 앉아 편지를 완성했다. 어떻게 하면 브로디 선생을 호의적인 동시에 악의적으로 그릴 수 있을까, 그들로서는 쉽게 해결할 수 있는 문제가 아니었고 브로디 선생과의 마지막 학기가 거의 끝나가는 지금, 이보다 더 절실한 과제는 없었다.

두 사람이 관계를 맺기는 맺어야 했다. 그러나 평범한 침대에서는 아니었다. 그런 건 재봉 시간의 지루함을 피할 때나 할 법한 상상이었고, 브로디 선생은 특별한 위치를 점할 예정이었다. 두 사람은 브로디 선생을 아서스시트*의 봉긋한 사자 등 위에 누이고, 하늘을 지붕 삼고 양치류를 침대 삼도록 만들었다. 하늘에서 쏟아지는 천둥 번개를 바라보는 그녀 밑으로 드넓은 초원이 펼쳐져 있었다. 바로 그곳에서 수줍음 많고 잘 웃는, 허리가 길고 다리는 짧아 키가 작은, 붉은기 도는 금발과 턱수염을 가진 고든 로더가 브로디 선생과 조우했다.

"그녀를 취했다." 처음 그 부분을 의논할 때 제니가 제안했다.

"그녀를 취했다—음, 아니야. 그녀는 그에게 자신을 내맡겼다."

---

* 에든버러에 있는 작은 산. 보는 방향에 따라 사자가 웅크려 누워 있는 모습으로도 보인다.

"그녀는 그에게 자신을 내맡겼다." 제니가 말했다. "사실은 다른 남자에게 자신을 내맡기고 싶었지만."

학기 중간 방학 때 완성된 일련의 편지들 중 마지막 편지는 다음과 같았다.

친애하는 고든,

짐작하겠지만, 당신의 편지에 무척 감동을 받았습니다. 하지만 로더 부인이 되어달라는 청에는 응할 수 없습니다. 이유는 두 가지예요. 마담 파블로바가 그랬듯이 난 내 소녀들에게 인생을 걸었고, 또 내 인생에는 이미 시공을 뛰어넘는 사랑이 자리잡고 있기 때문이죠. 그는 테디 로이드예요! 관계를 가진 일은 결코 없습니다. 그는 이미 다른 사람과 결혼했으니까요. 어느 날 미술실에서 우리는 서로의 품속으로 무너졌고, 진실을 깨달았습니다. 하지만 폭풍이 몰아치던 그날, 아서스시트의 양치류 위에서 당신이 다가와 나를 취했을 때 당신에게 나를 내맡긴 것을 자랑스럽게 생각합니다. 혹시 임신이 된다면 선량한 양치기 부부에게 아기를 맡길 생각인데, 당신과 플라토닉한 관계로서 그 일에 대해 의견을 나눌 수도 있겠죠. 난 지금 전성기에 있으니 앞으로도 일종의 배출구로 부정한 관계를 더 가질 수 있을지 몰라요. 미풍이 부는 날이면 가끔 어선을 타고 함께 바다에 나갈 수도 있겠고요.

당신의 가정부가 마치 존 녹스처럼 나를 불안하게 만든다는 사실을 말해야겠어요. 편견에 가득찬 사람 같던데, 문화적 소양도 없고 이탈리아식 관습에 무지한 탓이겠지요. 크래먼드의 당신 집에 갔을 때 그녀가 "올라가시면 돼요"라고 말하지 않도록 해줬으면 좋겠어요. 직접 나를 위로 안내해야 마땅하니까요. 무릎이 아프다는 그녀의 말은 거짓말입니다. 아픈 척하는 거예요.

당신이 부르는 〈헤이 조니 코프〉를 듣고 싶군요. 하지만 스코틀랜드 문장원 장관이 내일 당장 청혼을 한다 해도 나는 거절할 생각입니다.

당신의 노래만큼이나 훌륭한 당신과의 성적인 관계에 따뜻한 찬사를 보내는 것으로 맺음말을 대신할까 합니다.

애정과 기쁨을 담아,

진 브로디

이 편지까지 쓴 뒤 샌디와 제니는 처음부터 끝까지 모든 편지를 다시 읽어보았다. 범죄를 입증하는 듯한 이 증거물을 바다에 던질지 아니면 땅에 묻을지 결정을 내릴 수 없었다. 해변에서 바다로 뭔가를 던져 떠내려가게 하는 것은, 알다시피 생각처럼 쉬운 일이 아니었다. 그러나 샌디가 동굴 뒤쪽에서 바위에 반쯤 가려진 습기 찬 구멍을 하나 발견했고 둘은 진 브로디 선생의 연애편지가 담긴 공책을 거기 쑤셔넣은 뒤 다시는 그것을 찾지 않았다. 그들은 새로운 계획과 설렘으로 가득차, 폭신한 이끼 위를 걸어 다시 크레일로 돌아갔다.

4장

"이 유리병 안에는 학교 전체를 폭파시키기에 충분한 화약이 들어 있어요." 록하트 선생이 차분한 목소리로 말했다.

흰색 리넨 가운 차림의 록하트 선생은 암회색 가루가 4분의 3가량 차 있는 유리병에 두 손을 얹고 실험대 뒤에 서 있었다. 그녀는 언제나 첫번째 과학 수업을 화약을 앞에 둔 채 같은 말로 시작하곤 했기에, 내려앉은 완벽한 침묵은 록하트 선생이 예상했던 대로였다. 첫 시간에 그녀는 수업 대신 과학실에 있는 인상적인 도구들의 이름을 나열했다. 모두의 시선은 유리병에 고정되어 있었다. 록하트 선생은 병을 들어 색색의 결정과 가루로 가득찬 병들이 놓여 있는 선반에 조심스레 올려놓았다.

"이건 분젠 버너고, 이건 시험관, 이건 피펫*, 이건 뷰렛**, 이건 증

류기, 도가니……"

그렇게 그녀는 성직자처럼 신비로운 자신의 입지를 다졌다. 록하트 선생은 중등부에서 가장 근사한 선생 중 하나였다. 하지만 중등부 선생들은 하나같이 그녀 못지않게 멋졌다. 완전히 새로운 생활, 전혀 다른 학교생활이었다. 곤트 선생처럼 음산한 선생도 없었고, 복도에서 의미심장한 미소와 함께 "좋은 아침이에요"라고 인사를 건네며 브로디 선생 옆을 지나치는 무리도 없었다. 수학, 라틴어, 과학 등 서로의 전공 과목 이외에는 다른 교사들의 사생활에 일절 관심이 없는 것 같았다. 그들은 신입생을 사람이 아니라 대수학의 기호처럼 풀어야 할 대상으로 대했고, 브로디 선생의 학생들은 처음에 이 모든 것이 신선했다. 화려한 새 교과목 이름이며, 시간표에 맞춰 이 교실 저 교실 뛰어다니는 일도 첫 한 주 동안은 놀랍기만 했다. 그들의 나날은 이제 마법처럼 일상으로부터 단절된 낯선 형태와 소리로 채워졌다. 기하학의 위대한 원들과 삼각형들, 책에 쓰인 상형문자 같은 그리스어와 선생의 입술이 만드는 "프츠…… 프치……" 하는 쉭쉭거리고 칫칫거리는 그리스어의 기이한 소리.

몇 주가 흐르고 이런 한숨, 소리에서 의미가 나타나기 시작하자, 파티에서의 놀이 같았던 첫 주의 흥분은 가라앉고 '멘사룸mensarum'***이 광시狂詩에서 튀어나온 단어처럼 들렸던 적이 있으며 그리스어가 쉭쉭거리고 칫칫거리는 소리라는 사실조차 기억하기 어려웠다. 3학년 때까

---

* 일정한 양의 액체를 옮길 때 사용하는 유리관.

** 액체의 부피를 측정하는 데 사용하는 실험용 유리관.

*** '탁자'를 뜻하는 라틴어 복수 속격.

지 현대반과 고전반의 차이는 고전어를 배우는지 현대어를 배우는지 뿐이었다. 현대반 학생들은 독일어와 스페인어를 배웠는데, 수업 전후에 학생들이 연습을 할 때면 라디오에 우연히 잡히는 외국 방송국의 소음 같은 기이한 소리가 들리곤 했다. 진짜 커프스 단추가 달린 줄무늬 셔츠를 입은 검은 곱슬머리의 젊은 여선생이 외국인 억양으로 프랑스어를 발음했는데, 아무도 그 억양이 이상하다는 사실을 눈치채지 못했다. 과학실에는 창으로 들어온 그해 처음 낙엽을 태우는 달콤한 가을 연기, 분젠 버너 냄새, 브로디 선생과 함께 산책을 나갔던 그 겨울날 캐논게이트의 냄새가 어지럽게 풍겼다. 과학실에서는—실험실이라고 하는 것은 엄격히 금지되어 있었다—수업을 실험이라고 불렀는데, 그 때문에 다들 록하트 선생조차 실험 결과를 알지 못하고, 그들이 들락거리는 사이 무슨 일이 벌어질지 모르며 학교가 폭발할지도 모른다는 느낌을 받곤 했다.

첫 주 과학실 실험에서, 시험관에 든 마그네슘을 분젠 버너에 갖다 대는 과정이 있었다. 과학실 이곳저곳에서 거대한 흰색 마그네슘 연기가 시험관 입구로부터 뿜어져나왔고, 이를 위해 대기하고 있던 커다란 유리관이 연기를 가두었다. 겁을 먹은 메리 맥그레거는 두 실험대 사이를 비집고 도망쳤고, 실험대 한쪽 끝에서 흰 연기를 만나 몸을 돌려 반대쪽으로 달려갔지만 거기에선 무서운 불길과 마주쳤다. 마침내 록하트 선생에게 붙잡혀 바보처럼 굴지 말고 진정하라는 말을 들을 때까지, 메리는 공포에 사로잡힌 채 이쪽저쪽으로 달려댔다. 눈 두 개, 코 하나, 입 하나. 그 외에는 더 말할 게 없는 메리의 얼굴을 보고 있으면 답답해 속만 터진다는 사실을 록하트 선생도 이미 잘 알고 있었다.

이후 로즈 스탠리가 샌디를 방문했을 때, 그들은 죽은 메리 맥그레거에 대한 이야기를 나누었다. 샌디가 말했다.

"나한테 나쁜 일이 생길 때마다, 메리한테 더 잘해줄걸 그랬다는 생각이 들어."

"그런 일이 생길 줄 우리가 알았나?" 로즈가 대답했다.

샌디와 브레이드힐스 호텔 창가에 앉아 있던 브로디 선생도 말했다.
"날 배신한 게 메리 맥그레거일까? 그애한테 좀더 친절하게 대해줄 걸 그랬어."

그즈음 브로디 무리는 깨지기 쉬운 상태에 놓여 있었는데, 영혼 없는 전문가들로부터 지식을 얻느라 분주한 그들의 일상을 브로디 선생이 더이상 감독하지 못했을 뿐만 아니라, 교장이 그들을 해체시키려고 작정을 했기 때문이다.

교장은 계획을 세웠지만 실패했다. 한번에 브로디 선생도 쫓아내고 브로디 무리도 박살내려는, 너무 야심찬 계획이었기 때문이다.

메리 맥그레거가 매수하기 쉽겠다고 생각한 교장은 그애의 아둔함을 과소평가하고는 메리를 자주 불러들였다. 교장은 메리가 브로디 무리의 다른 소녀들처럼 고전반에 지원했지만 떨어졌다는 사실을 기억했다. 매카이 교장은 결정을 뒤집어 메리가 최소한 라틴어 수업만은 들을 수 있도록 허락해주었다. 그 대가로 교장이 원한 것은 브로디 선생에 대한 정보였다. 그러나 메리가 라틴어를 배우고 싶어한 유일한 이유는 브로디 선생 마음에 들기 위해서였기 때문에 교장은 아무것도 얻어낼 수 없었다. 차를 대접해줘도 메리는 교장이 바라는 것이 무엇인지 이해하지 못했으며 선생님들은 다 같은 편이라고, 브로디 선생님이든 누구든 같은 편이라고 생각했다.

"브로디 선생을 자주 못 만나겠구나." 매카이 교장이 말했다. "중등부에 왔으니 말이야."

"알겠습니다." 교장의 말을 심문이라기보다 요구로 이해한 메리의 대답이었다.

매카이 교장은 또다른 계획을 세웠지만 그 역시 수포로 돌아갔다. 중등부는 홀리루드, 멜로즈, 아가일, 비거라고 불리는 네 개의 반이 있어 이들이 서로 치열하게 경쟁하는 구조였다. 매카이 교장은 브로디 무리가 가능한 한 다른 반에 배치되도록 손을 썼다. 그 결과 제니는 홀리루드, 샌디와 메리 맥그레거는 멜로즈, 모니카와 유니스는 아가일, 로즈 스탠리는 비거에 배치되었다. 이제 그들은 학교생활의 모든 면에서, 그리고 순교자의 무덤처럼 교외에 자리잡은 야외 하키 경기장의 거센 바람 속에서 서로 경쟁해야 했다. 중요한 것은 팀 정신이라고 했다. 모든 학생은 자기 반을 위해 싸워야 하고 매주 토요일 아침 경기장에 나와 소리치며 반을 응원해야 한다, 물론 반을 초월한 우정을 나누면 안 된다는 건 아니다, 하지만 팀 정신이야말로……

브로디 무리에게는 이 정도 설명이면 충분했다. 브로디 선생과 이 년을 함께 지내면서 팀 정신에 대해 사전 교육을 받은 바 있었기 때문이다.

"'팀 정신' 같은 표현은 언제나 개성, 사랑, 개인적 헌신을 억누르기 위해 사용되는 말이에요." 브로디 선생은 말했다. "'팀 정신' 같은 개념을 여성에게 적용해서는 결코 안 될뿐더러 뭔가에 자신을 헌신하는 여성에게는 더더욱 안 되지, 예로부터 그런 여성들의 미덕은 언제나 팀 정신 같은 개념에 반하는 것이었어요. 플로렌스 나이팅게일은 팀 정신에 전혀 개의치 않았어요, 어느 편에 속해 있건 생명을 구하는 것만이 그녀의 소명이었지. 셰익스피어를 읽었다면 알겠지만 클레오파트라도 팀 정신을 전혀 신경쓰지 않았어요. 트로이의 헬레네를 생각해봐요. 잉글랜드 여왕도, 물론 국제 스포츠 경기에 참석하긴 하지만 그건 의무이기 때문에 어쩔 수 없이 하는 쇼에 불과하고, 관심을 쏟는 건 왕의 건강과 골동품뿐이죠. 시빌 손다이크가 팀 정신 같은 것에 신경을 쓸까요? 다른 배우들은 팀 정신을 느끼겠지만, 그녀는 위대한 배우예요. 또 파블로바는……"

어쩌면 브로디 선생은 그녀의 팀 여섯 명이 아가일, 멜로즈, 비거, 홀리루드 네 반으로 나뉘어 서로 경쟁할 것을 강요받는 상황에 놓인 미래의 이 순간을 미리 예견하고 있었는지도 모른다. 의식적으로 대비한 것인지 아니면 본능적으로 미리 그런 교육을 한 것인지는 알 수 없다. 하지만 자신의 영향력을 둘러싼 이 첫번째 시험에서 그녀는 승리했다. 각 반 대표 누구도 시빌 손다이크나 클레오파트라에 대적할 매력을 갖고 있지 않았던 것이다. 그렇지 않았더라면 무리는 오래지 않아 팀 정신뿐만 아니라 걸가이드에까지 넘어갔을지 모른다. 그들뿐 아니라 브로디 선생 손을 거쳐간 최소 열 명 남짓한 다른 학생들 역시 강제로 참석해야 하는 경우가 아니면 경기장에 나타나지 않았다. 유니스 가드너를 제외하고는 누구도 자신의 정신을 실험하기 위해 경기에 참여하려 하지 않았다. 다들 유니스처럼 스포츠를 잘하면 유혹을 이기기 어려우리라는 데 동의했다.

토요일 오후가 되면 브로디 선생은 늘 옛 무리를 불러 차를 내주며 그들의 중등부 생활 이야기를 들었다. 자기 얘기를 할 때는 새로운 학생들의 잠재력에는 별 기대가 없다면서 자신의 학생 몇몇을 묘사했다. 그러면 옛 무리는 웃음을 터뜨렸고 그 어느 때보다 강한 결속감을 느꼈으며 자신들이 선택된 존재임을 실감했다. 얼마 지나지 않아 브로디 선생이 미술 시간에 뭘 하는지 물었는데, 소녀들이 요즘 금발에 팔이 하나뿐인 테디 로이드 선생에게 미술을 배우고 있었기 때문이다.

미술 수업에 대해서는 언제나 말할 것이 잔뜩 있었다. 수업 첫날 로이드 선생은 학생들을 통제하지 못해 어려움을 겪었다. 낯선 것들로 가득찬 시간을 보내고 다른 여러 수업을 들은 후 미술실에 들어온 소녀들이 곧 미술실의 아늑한 분위기에 완전히 긴장을 풀고 말았기 때문이다. 로이드 선생은 예의 쉰 목소리로 조용히 하라고 소리를 질러댔다. 하지만 그 소리에 소녀들은 오히려 더 흥분했다.

그는 오른손에 든 접시를 머리 위로 올렸다가 다시 내리면서 타원의 형태와 성질에 대해 설명하려던 참이었다. 하지만 그의 몽상적인 분위기와 "조용히 해"라고 외치는 쉰 목소리는 여러 음색의 높고 낮은 웃음소리만을 불러일으켰다.

"조용히 안 하면 이 접시를 바닥에 던질 거야." 로이드 선생이 말했다.

다들 웃음을 참으려 해보았지만 실패했다.

로이드 선생은 접시를 바닥에 내동댕이쳤다.

뒤따른 죽음 같은 침묵 속에서 로이드 선생이 로즈 스탠리를 지목하더니 바닥의 접시 조각을 가리키며 말했다. "옆모습이 살아 있는 너—이걸 치우도록."

그는 몸을 돌려 자리를 뜨더니 남은 수업 시간 동안 기다란 교실의 다른 쪽 끝에서 뭔가를 하고 있었다. 소녀들은 새삼스레 로즈 스탠리의 옆모습을 쳐다보고 로이드 선생의 성격에 감탄하며 커튼 앞에 놓인 병을 그리기 시작했다. 제니는 샌디에게 브로디 선생이 정말 보는 눈이 있는 것 같다고 말했다.

"물론, 그에게는 예술적 기질이 있으니까." 접시 이야기를 들은 브로디 선생이 말했다. 로이드 선생이 로즈를 '옆모습이 살아 있는 너'라고 불렀다는 이야기를 듣자 브로디 선생은 묘한 표정으로 로즈를 쳐다보았고, 샌디는 그런 브로디 선생을 보고 있었다.

브로디 선생의 연인들에 대한 샌디와 제니의 관심은, 전에 썼던 편지들을 동굴에 묻어버리기도 했고 중학생이 된 것도 있어서 새로운 국면에 접어들었다. 둘은 더이상 모든 것을 성적인 맥락에서 생각하지 않았고, 그보다는 심장 깊은 곳으로부터의 울림에 더 큰 관심을 가졌다. 순수한 섹스의 세계는 이제 멀어져버린 것 같았다. 제니는 열두 살이 됐다. 엄마가 최근 남동생을 낳았는데도, 두 사람은 이제 그 출생의 기원에 대해 생각하지 않았다.

"중등부에서는 성에 대해 연구할 시간이 별로 없어." 샌디가 말했다.

"난 이제 그 시기는 지난 것 같아." 제니가 대답했다. 기이하게도 그건 사실이었고, 실제로 그녀는 극장주의 아내이자 그럭저럭 인기 있는 배우로 살아가다가 마흔 살이 다 되어 불현듯 그것을 경험한 어느 날까지, 성에 대한 어린 시절의 그 경이를 다시 느끼지 못했다. 그 일은 그녀가 비가 멈추기를 기다리며 로마의 한 유명한 건물 앞에서 잘 모르는 남자와 서 있을 때 일어났다. 그 울렁이는 비현실적인 성의 감각,

너무도 전적인 감각이라 신체적인 것인지 정신적인 것인지도 말할 수 없는, 하지만 이제는 잃어버린 열한 살 때의 꾸밈없던 기쁨, 성에 처음 눈떴을 때의 환희를 닮았다는 것만은 분명 알 수 있는 그 감각이 다시 찾아왔을 때 그녀는 소스라치게 놀랐다. 자신이 그 남자와 사랑에 빠졌는지도 모른다고 생각했고, 그 남자 역시 제니가 모르는 자신만의 세계에서 걸어나와 그녀에게 다가온 것 같았다. 그렇다 해도 벌써 십육 년째 만족스러운 결혼생활을 유지해온 제니가 할 수 있는 일은 없었다. 하지만 이후에도 그 잠깐의 순간을 생각할 때면 언제나 놀라움에 사로잡혔고 모든 것에 숨어 있는 가능성에 경이를 느끼곤 했다.

어느 토요일 오후에 브로디 선생이 말했다. "로더 선생의 가정부가 그만두고 떠났어. 크래먼드의 집은 관리하기도 쉬웠는데 정말 배은망덕한 일이지. 너희도 알겠지만 난 그 여자가 늘 마음에 들지 않았어. 내가 로더 선생의 친구, 그것도 절친한 친구라는 사실을 그 여자는 무척 못마땅해했고 내가 그 집을 방문하는 일도 싫어하는 것 같았거든. 로더 선생은 지금 노래를 몇 곡 작곡하고 있어. 응원이 꼭 필요하지."

그다음주 토요일, 브로디 선생은 우리에게 재봉 선생, 엘런 커와 앨리슨 커 자매가 임시로 로더 선생의 가정부 일을 맡게 되었다는 소식을 전하며 그들이 크래먼드 근처에 살기 때문이라고 말했다.

"그 둘은 호기심이 많은 것 같아." 브로디 선생이 말했다. "곤트 선생과 붙어 다니는데다 스코틀랜드 국교회에 너무 깊이 빠져 있고."

토요일 오후의 한 시간은 브로디 선생의 그리스어 수업을 위해 쓰였다. 브로디 선생이 샌디와 제니가 그리스어를 배우는 동시에 자신에게 가르쳐줘야 한다고 주장했기 때문이다. "이런 학습법은 전통이 깊어."

브로디 선생은 말했다. "예전에는 한 아이밖에 학교에 보낼 수 없는 집이 많아서, 보통 그 아이가 오전에 학교에서 배운 것을 저녁에 나머지 가족에게 다시 가르쳐주었거든. 오래전부터 그리스어를 배우고 싶기도 했고 이렇게 하면 너희도 배운 것을 복습할 수 있잖니. 존 스튜어트 밀은 다섯 살 때 그리스어를 배우려고 새벽에 일어나곤 했는데 어린아이였던 존 스튜어트 밀이 새벽에 할 수 있던 일을 전성기의 내가 토요일 오후에 못할 리 없지."

매주 그리스어 시간에 배운 것을 번갈아가며 브로디 선생에게 가르친 샌디와 제니가 서로 다르게 알려줬기 때문에 발음에서는 좀 혼동이 있었지만, 그럼에도 불구하고 브로디 선생의 그리스어는 조금씩 늘어갔다. 브로디 선생은 무리의 새로운 삶에 개입해 그 삶에 동참하기로 결심했고, 그들의 새로운 관심사 중 인문적이지 않다고 생각되는 것, 혹은 자신이 영향력을 끼칠 수 없는 영역에 있는 것들은 경멸했다.

브로디 선생은 말하곤 했다. "직선은 두 점 사이의 가장 짧은 거리이다, 원은 중심점으로부터 같은 거리에 있는 한 선으로 이루어진 도형이다, 재미있는 말이야. 꽤 재미있는 말이고말고, 원이 뭔지 누구나 알고 있는데 말이야."

첫 학기를 마치고 시험이 끝난 뒤 브로디 선생은 무리의 시험지를 보고 그중 특히 만만해 보이는 문제들을 경멸을 가득 담아 크게 읽었다. "창문 청소부가 15피트 길이에 너비가 일정한 60파운드 무게의 사다리를 운반하고 있다. 한쪽 끝에는 40파운드 무게의 물통이 매달려 있다. 어떤 지점에서 사다리를 들어야 균형이 이루어지겠는가? 그가 찾아야 할 무게중심은 어디인가?" 질문을 큰 소리로 읽은 다음, 브로디 선생은 자기 눈을 믿을 수 없다는 듯 시험지를 다시 보았다. 그녀는 시빌 손다이크나 안나 파블로바, 트로이의 고故 헬레네에게 이런 문제 풀이는 아무런 쓸모도 없었을 거라고 무리에게 몇 번이나 강조했다.

그러나 전반적으로 브로디 무리는 여전히 중등부의 새로운 학문에 매혹되어 있었다. 훗날 물리학과 화학, 대수와 지리의 언어가 그 날것의 낯섦을 잃어 익숙하고 지루한 삶의 분과 학문이 되었을 때, 그리고 어렵기만 한 학과목이 되었을 때, 그들은 결코 다시 그런 매혹을 느끼지 못했다. 나중에 뛰어난 수학적 능력으로 유명해진 모니카 더글러스조차 처음으로 y에서 x를 빼고 a에서 다시 그 값을 뺐을 때 느꼈던 것 같은 환희를 이후에는 결코 느낄 수 없었다. 그녀가 그때처럼 행복해 보인 때는 없었다.

첫 학기 생물 시간에 로즈 스탠리는 벌레 몸통을 반으로 자르는 일에 완전히 몰두했다. 비록 이후 두 학기 동안 그 생각만으로도 몸을 떨며 화제를 바꾸긴 했지만 말이다. 유니스 가드너는 산업혁명과 그 공과功過를 너무 잘 이해했기 때문에 채식주의자이자 사회주의자인 역사 선생은 그녀의 미래에 큰 희망을 품었는데, 몇 달 지나지 않아 유니스가 방향을 바꿔 스코틀랜드 메리 여왕의 삶을 다룬 소설을 읽자 그 희망은 무너지고 말았다. 샌디는 악필이라서 공책에 그리스어 문자들을 반듯하고 가지런히 적기 위해 몇 시간이나 애를 써야 했고, 그동안 제니 역시 화학 공책에 화학 기구들을 그리느라 못지않은 고생을 하고 있었다. 멍청한 메리 맥그레거조차, 제대로 기능하지 않는 상상력 때문에 그 이야기에서 어떤 영감을 받지는 못했지만, 율리우스 카이사르의 『갈리아 원정기』를 이해하고 그 글의 단어들이 영어보다 쓰기도 발음하기도 쉽다는 사실을 발견하고는 스스로도 깜짝 놀랐다. 그러나 어느 날 글짓기 과제를 하던 중 메리가 그 작품을 새뮤얼 피프스*의 시대에 쓰인 글로 생각하고 있었다는 것이 드러났다. 다시 한번 메리가 틀렸다는 사실이 밝혀졌고, 날카로운 심문에 시달린 끝에 메리는 결국 자신이 속기와 라틴어를 같은 것으로 생각했음을 박장대소를 터뜨리는 세계에 고백하지 않을 수 없었다.

무리가 중등부 생활에 마음을 빼앗긴 이 첫 몇 달 동안 브로디 선생은 힘든 전투를 치러야 했다. 브로디 무리는 브로디 선생 자신이 심어둔 열정의 능력을 발휘하고 있었던 것이다. 그러나 팀 정신과의 전투에서 승리한 뒤, 브로디 선생은 절망을 거두었다. 사실 그때 브로디 선생이 가장 걱정한 것은 무리가 중등부 선생 중 누군가와 특별히 더 가까워지는 것이었지만, 선생들부터가 자신의 무리에 전적으로 무관심한 듯 보였기 때문에 신중하게 선생들에 대한 직접적인 공격은 삼갔다.

여름 학기가 시작될 무렵, 소녀들은 체육관에서 아무 생각 없이 보내는 시간을 가장 좋아하게 되었다. 평행봉을 잡고 앞뒤로 움직이거나 늑목에 거꾸로 매달리는가 하면, 민첩한 유니스와 경쟁하듯 모두 함께 열대 덩굴을 오르는 원숭이처럼 손과 무릎과 발을 써서 몸을 끌어올려 천장까지 밧줄을 타고 오르기도 했다. 그사이 꼬챙이처럼 마른 회색 머리 체육 선생은 그들에게 시범을 보이며 투박한 스코틀랜드 억양으로 지시 사항을 소리치곤 했다. 밭은기침 때문에 그녀의 고함소리는

* 17세기 영국 해군 행정관. 속기와 암호를 사용해 쓴 그의 일기는 이후 17세기 영국 시대사 연구의 중요한 자료가 되었다.

잠깐씩 중단되었는데, 이후 그 기침 때문에 그녀는 결국 스위스에 있는 요양원으로 가야 했다.

여름 학기가 시작될 무렵, 지루함의 맹공을 피하기 위해, 아울러 브로디 선생을 향한 애정과 학습의 요구를 동시에 만족시키기 위해, 샌디와 제니는 새로 배운 지식들을 유쾌한 방식으로 브로디 선생에게 적용하기 시작했다. "브로디 선생님의 체중을 처음엔 공기 중에서, 다음엔 물속에서 잰다면……" 또 음악 시간에 로더 선생의 마음이 딴 데가 있는 것처럼 보이기라도 하면, 두 사람은 서로에게 물에 젖은 진 브로디의 무게가 고든 로더의 무게를 대체한 것이라고 속삭이기도 했다.

1933년 늦봄, 브로디 선생을 위한 토요일 오후의 그리스어 수업은 곧 그 끝을 맞게 되었다. 로더 선생에게 도움이 필요했기 때문이다. 무리의 소녀들은 아직 가본 적 없는 크래먼드의 집에 사는 로더 선생은 재봉 선생 엘런 커와 앨리슨 커 자매의 기꺼운 보살핌을 받고 있었다. 번갈아 그 집에 들러서 수업을 마치고 돌아온 로더 선생을 챙겨주고, 저녁 및 다음날 아침 식사를 준비하는 것은 근처 해안 마을에 사는 두 자매에게 어려운 일이 아니었다. 쉬울 뿐 아니라 좋은 일을 한다는 즐거움이 있었고, 품위를 훼손하지 않으면서 돈을 버는 일이기도 했다. 토요일마다 엘런 커와 앨리슨 커 중 한 명이 로더 선생의 세탁물을 거두고 그의 집을 관리했다. 어떤 토요일 아침에는 둘 다 바삐 로더 선생을 도왔다. 엘런은 집 청소를 하러 온 여자를 감독했고 앨리슨은 그주에 필요한 장을 보았다. 한평생, 특히 조금이라도 여유 시간이 생길라치면 어김없이 이래라저래라 지시해대는 바람에, 자신의 지시 없이는 엘런이 도서관에 가서 책 한 권 빌릴 엄두조차 내지 못하게 하고 앨리슨이 '커 씨'라는 호칭으로 불리는 일에 결코 적응하지 못하게 만들었던 맏언니가 죽은 뒤로, 그때처럼 그들이 활기차고 쓸모 있던 적은 없었다.

그러나 목사의 누이, 음산한 곤트 선생이 죽은 맏언니의 역할을 은밀하게 대신하고 있었다. 나중에 밝혀진 바에 따르면 곤트 선생은 자매가 로더 선생을 돕는 것에 동의했고, 자매들 자신뿐만 아니라 브로디 선생에 관련된 비밀스러운 이유를 위해 그 일을 계속하라고 부추기기까지 했다.

지금까지 브로디 선생은 일요일에 로더 선생 집을 방문했다. 일요일 아침이면 브로디 선생은 언제나 교회에 갔는데, 스코틀랜드 자유교회, 스코틀랜드 국교회, 감리교, 성공회, 그 외에도 로마 가톨릭만 아니면 어떤 교회든 상관 않고 여러 분파와 종파의 신도 명단에 이름을 올렸다. 로마 가톨릭 교회는 미신을 믿는 교회이며 자율적인 사유를 원치 않는 사람들을 위한 교회라는 이유로 거부했다. 사실 성향으로 보아 그녀의 기질에 어울리는 것은 로마 가톨릭 교회뿐이었기 때문에, 어떻게 생각하면 그녀의 이런 태도는 다소 이해하기 어려운 것이었다. 로마 가톨릭 교회는 날아오르고 또 뛰어내리기도 하는 브로디 선생의 기질을 포용하고 심지어 교정할 수 있었을지 모르고, 더 나아가 그녀를 평범하게 만들 수 있었을지도 모른다. 하지만 아마도 바로 그 때문에 브로디 선생은 로마 가톨릭을 거부했을 것이고, 이탈리아에 대한 사랑에도 불구하고 로마 가톨릭에 회의가 들자, 자기가 나고 자란 엄격한 에든버러 쪽을 선택했을 것이다. 에든버러 교회라고 딱히 덜 미신적인 것도 아니었지만 말이다. 그래서 그녀는 일요일 아침이면 로마 가톨릭이 아닌 이런저런 교회들을 두루 순회하며 좀처럼 빠지는 일 없이 예배에 참석했다. 그녀는 하느님이 그녀 인생의 어디에나 함께한다는 사실을 조금도 의심하지 않았고 그 믿음을 모든 사람에게 분명히 밝히곤 했기 때문에, 음악 선생과 잠자리를 하면서 동시에 예배를 보는 일에 조금도 불편이나 위선을 느끼지 않았다. 지나친 죄의식이 극단적 행동을 야기하는 것과 마찬가지로, 죄의식의 지나친 결여로 브로디 선생은 극단적인 행동을 서슴지 않을 수 있었다.

소녀들 역시 전반적으로 도덕 판단을 회피하는 브로디 선생의 성향을 어느 정도 공유했기 때문에 이런 브로디 선생의 극단적 성향이 야기한 여러 상황에 그녀의 선택받은 소녀들은 흥분했고, 이후 과거를 회상할 때에야 비로소 브로디 선생과 로더 선생의 관계를 있는 그대로, 즉 사실적인 관점에서 볼 수 있었다. 브로디 선생의 영향 아래 있는 동안 그들은 그녀와 그녀의 행동에 옳고 그름의 잣대를 들이대지 않았다. 그로부터 이십오 년이 지나서야 비로소 샌디는 끔찍한 혼란에서 벗어나 브로디 선생의 자기비판능력 결여에 그 나름의 이점과 교육적 측면이 없지 않았음을 깨달았다. 이미 샌디가 브로디 선생을 배신하고 브로디 선생은 무덤 속에 누운 뒤였다.

일요일 아침 교회에 다녀온 뒤, 브로디 선생은 크래먼드로 가서 점심을 먹고 로더 선생과 오후 시간을 보냈다. 일요일 저녁 역시 그와 함께 보냈고, 꽤 자주 밤늦게까지 머물곤 했으며, 순교자의 고난까지는 아니더라도 뚜렷한 의무감을 가지고 그 방문을 계속했다. 진정한 사랑인 미술 선생을 포기하기 위한 선택이었던 것이다.

허리가 길고 다리가 짧은 로더 선생은 붉은빛이 도는 금색 콧수염

밑으로 거의 모든 사람에게 미소를 지어 보이며, 온화한 태도로 거의 모든 사람에게 호감을 얻곤 하는 수줍음 많은 사람으로, 말수는 없지만 노래는 곧잘 했다.

언제나 미소 짓는 이 수줍음 많은 독신남의 가정부 노릇을 커 자매가 도맡게 되었을 때, 브로디 선생은 로더 선생이 말라가고 있다고 믿었다. 그 사실을 무리에게 말했을 때 마침 샌디와 제니는 브로디 선생이 날씬해졌다는 사실을 눈치채고 이유가 뭘까 궁금해하던 참이었다. 거의 열세 살이 된 그들은 브로디 선생이 육체적으로 아름다운지 그리고 남자들에게 매력적으로 보이는지, 그녀의 신체적 특징들에 주목했다. 전과는 다른 눈으로 브로디 선생을 관찰했고 그녀에게 심오한 낭만적 아름다움이 있다는 결론을 내렸으며, 그녀가 살이 빠진 건 로이드 선생에 대한 슬픈 열정 때문이라고 판단했고, 로이드 선생 대신 로더 선생을 선택한 것은 고결한 결정이며 브로디 선생에게 잘 어울리는 결정이었다고 의견을 모았다.

브로디 선생은 말하곤 했다. "로더 선생은 요즘 더 말랐어. 난 커 자매를 믿지 않아, 둘이서 로더 선생을 굶기고 있다니까, 둘 모두 인색하거든. 토요일에 둘이 준비한 음식으로는 일요일까지 버티기도 어려워, 그다음주까지는 말할 것도 없고. 로더 선생이 그 큰 집을 떠나 에든버러의 작은 아파트로 이사하라는 내 말을 들으면 돌봐주기가 한결 수월할 텐데. 로더 선생은 보살핌이 필요한 사람이야. 하지만 영 말을 듣지 않으니. 반대도 하지 않고 웃기만 하는 사람을 설득하는 건 불가능한 일이야."

그녀는 토요일에 로더 선생의 다음 한 주를 준비해주기 위해 크래먼드로 오는 커 자매를 감독해야겠다고 결심했다. "그 둘은 돈도 적지 않게 받거든." 브로디 선생이 말했다. "가서 제대로 된 물건을 넉넉하게 주문하는지 봐야겠어." 대담한 제안일 수도 있었지만 소녀들은 그렇게 생각하지 않았다. 오히려 가서 커 자매를 감독하는 게 좋겠다고 진심으로 브로디 선생을 부추겼는데, 한편으로는 재미있는 일이 생길지도 모른다는 기대 때문이었고, 다른 한편으로는 갈등이 생기더라도 로더 선생이 예의 미소로 문제를 무마할 것이라 생각했기 때문이다. 게다가 커 자매는 겁쟁이였다. 그리고 무엇보다도 브로디 선생은 혼자서 능히 두 자매를 감당하고도 남을 인물로, 브로디 선생이 직각삼각형의 빗변이라면 커 자매는 나머지 두 변에 불과했다.

커 자매는 브로디 선생의 침입을 순순히 받아들였고, 자신들을 감독하려는 그 어떤 권위에도 도전하는 법이 없었으며, 그 때문에 나중에 곤트 선생의 심문에도 주저 없이 아는 바를 털어놓았다. 그동안 브로디 선생은 로더 선생 살찌우기 작전에 착수해 토요일 오후를 크래먼드에서 보내야 했기 때문에, 브로디 무리는 매주 돌아가며 둘씩 짝을 지어 로더 선생 집으로 브로디 선생을 보러 갔다. 로더 선생은 미소를 짓고, 그들 머리를 쓰다듬거나 예쁜 제니의 곱슬머리를 잡아당기며 브로디 선생이 자신의 행동을 묵인하는지 질책하는지, 그도 아니라면 어떻게 생각하는지 궁금하다는 듯 그녀의 갈색 눈동자를 쳐다보곤 했다. 로더 선생이 미소 짓고 있을 때 브로디 선생은 무리에게 차를 내주었다. 그러면 로더 선생은 종종 찻잔과 받침을 내려놓고 피아노로 가 노래를 부르기 시작했다. 이런 노래였다.

진군, 진군하라, 에트릭과 테비오트데일,
왜 대오를 갖추어 앞으로 진군하지 않는가?
진군, 진군하라, 에스크데일과 리데스데일,
스코틀랜드의 모든 군사가 국경으로 진군하고 있으니.*

노래를 마친 다음 로더 선생은 예의 그 수줍고 무기력한 미소를 띤 채 다시 찻잔을 집어들고 생강빛 눈썹 밑으로 진 브로디 선생을 올려다보며, 그 순간 그녀가 자신을 어떻게 생각하는지 살폈다. 그는 브로디 선생을 진이라고 불렀는데, 브로디 무리는 누구에게도 그 사실을 말해선 안 된다고 생각했다.

브로디 선생이 샌디와 제니에게 말했다. "내가 커 자매의 일을 줄였어. 그 둘이 로더 선생을 굶기고 있었으니까. 이제 내가 식사를 챙겨줄 거야. 내가 찬장 제작자이자 교수대 설계사, 에든버러 시의회 의원이며, 두 명의 정부 사이에서 다섯 아이를 낳은 재력가 윌리 브로디의 자손이라는 사실을 잊어선 안 돼. 혈통은 많은 것을 말하는 법이니까. 그는 주사위 놀이와 닭싸움을 즐겼어. 결국엔 세무서를 턴 혐의로 쫓기는 신분이 되었지, 돈이 필요해서가 아니라 모험을 찾아 밤이면 강도 노릇을 했던 거야. 물론 결국 외국에서 체포되어 톨부스 감옥으로 송환됐지만, 그조차도 그에겐 모험일 뿐이었어. 그는 1788년 자신이 고안한 교수대에서 기꺼이 생을 마감했어. 누가 뭐래도, 난 그 피를 이어받은 사람이고, 지금까지는 참았지만 더는 엘런과 앨리슨 커 자매의

* 스코틀랜드의 민요.

말도 안 되는 수작을 용납할 수 없어."

로더 선생이 노래했다.

오, 어머니, 어머니, 제 침대를 준비해주세요,
오, 작고 부드러운 침대를요.
제 진정한 사랑이 오늘 저를 위해 죽었으니,
전 내일 그를 위해 죽으렵니다.

노래를 마친 로더 선생이 브로디 선생을 올려다보았다. 그러나 브로디 선생은 이가 나간 찻잔을 보고 있었다. "메리 맥그레거가 이랬을 거예요." 그녀가 말했다. "지난 일요일에 유니스와 왔을 때 같이 설거지를 했거든요. 메리가 컵을 저렇게 만든 게 틀림없어요."

창밖 여름 잔디 여기저기에 데이지가 피어 있었다. 잔디밭은 끝에 있는 작은 숲이 거의 보이지 않을 만큼 길고 또 넓었는데, 그 숲이며 그 너머 들판까지 모두 로더 선생의 소유였다. 수줍음 많고 상냥하며 음악을 사랑하는 로더 선생은, 재력가였던 것이다.

샌디는 이제 브로디 선생이 매력적인지뿐만 아니라 그녀가 자신을 내맡길 수 있는 여성인지 예의 주시하며 관찰했다. 이 관계에서는 그것이 가장 실현되기 어려운 요소처럼 보였기 때문이다. 브로디 선생은 노마 시어러나 엘리자베스 버그너 같은 현실 속 여성이라기보다는 막강한 영향력을 지닌 상징적 존재였다. 이제 마흔셋이 된 브로디 선생은 이전에 교실에 서 있을 때나 느릅나무 아래 앉아 있을 때와 비교해

올해 훨씬 늘씬하고 더 아름다워 보였다. 그럼에도 불구하고 로더 선생과 비교하면 여전히 덩치가 큰 편이었다. 로더 선생은 말랐고 브로디 선생보다 키도 작았다. 로더 선생은 사랑이 담긴 눈으로 브로디 선생을 바라보았고, 브로디 선생은 엄격하고 지배적인 시선으로 로더 선생을 바라보았다.

여름 학기가 끝나갈 무렵 브로디 무리가 모두 열세 살, 혹은 거의 열세 살이 되었을 때, 브로디 선생은 주말마다 짝을 지어 그녀를 보러 오는 소녀들에게 미술 수업에 대해 묻곤 했다. 크래먼드의 고든 로더 선생 집에 갈 차례가 왔을 때 브로디 선생을 만나 즐거운 대화를 나누기 위해 소녀들은 언제나 테디 로이드 선생의 미술 수업이며 행동 하나하나를 면밀히 관찰했다.

그 집은 장식용 탑이 딸린 커다란 박공집이었다. 울창한 가로수길이 집까지 하도 굽이굽이 이어지는데다 집 앞 잔디밭은 너무 좁아서, 보통 그 정도 크기의 집이 보일 만한 거리에서도 로더 선생의 집은 잘 보이지 않았고 탑까지 한눈에 보려면 목을 학처럼 길게 뻗어야 했다. 집 뒤쪽은 단순한 편이었다. 베니션 블라인드를 친 방들은 크고 음산했다. 계단 난간은 사자 머리 부조 한 쌍에서 시작해 위로, 돌고 또 돌아 시선 닿는 곳까지 이어졌다. 가구는 모두 엄청나게 크고 조각이 새겨져 있었으며, 은색과 장밋빛 유리로 점점이 장식되어 있었다. 브로디 선생이 무리를 대접한 일층 서재에는 여러 개의 유리문 책장이 있었는데, 실내가 너무 어두웠기 때문에 가까이 가서 자세히 보기 전에는 책 제목을 볼 수 없었다. 서재 한쪽 구석에 있는 그랜드피아노에는, 여름철이면 장미가 꽂힌 꽃병이 놓이곤 했다.

탐험하기에 좋은 집이어서, 브로디 선생이 부엌에서 다음날을 위해 어마어마한 양의 음식을 준비하는 데 기이할 정도로 몰두해 있는 동안—그녀가 로더 선생의 식사에 강박적으로 집착하기 시작한 첫 몇 달이었다—경이로움에 사로잡힌 소녀들은 손을 잡고 큰 계단을 자유롭게 올라가서 가구에 천을 씌워둔 침실들을 둘러보았고, 특히 가구를 제대로 갖추지 않은 두 개의 방에 들어가보곤 했는데 하나는 커다란 책상 말고는 심지어 카펫조차 없었고 다른 하나는 전기등과 큼지막한 푸른색 물주전자 이외에는 아무것도 없었다. 이 방들은 일 년 중 어느 때 가더라도 얼음처럼 차가웠다. 탐험을 마치고 계단을 내려오면 로더 선생이 마치 모든 게 만족스러웠기를 바란다는 듯 두 손을 모아쥔 채 수줍게 미소 띤 얼굴로 현관에 서서 그들을 기다리고 있었다. 피아노에 놓인 꽃병에서 장미를 뽑아 소녀들이 집에 가기 전에 하나씩 선물로 주기도 했다.

그 집에서 태어났는데도 로더 선생은 그곳에서 결코 편안해 보이지 않았다. 마치 허락 없이 건드려서는 안 된다는 듯, 찬장을 열거나 무언가를 만지기 전이면 언제나 허락을 구하듯 브로디 선생을 보았다. 소녀들은 사 년 전 죽은 로더 선생의 어머니가 평생 그를 지배했을 거라고, 그 결과 로더 선생은 지금도 자신이 그 집의 주인이라는 사실을 깨닫지 못하고 있는 거라고 결론내렸다.

그는 조용히 앉아, 차례가 되어 방문한 소녀들을 접대하는 브로디 선생을 감사하는 표정으로 바라보았다. 그때는 이미 로더 선생 살찌우기 작전이 시작된 뒤여서 음식 양이 어마어마하게 늘어나 있었고, 엘런과 앨리슨 자매뿐만 아니라 초등부에서도 음식 준비에 대한 브로디 선생의 광적인 집착이 이야깃거리가 되고 있었다. 샌디와 제니의 차례였던 어느 날, 브로디 선생은 로더 선생에게 푸짐한 바닷가재 샐러드와 간 페이스트 샌드위치, 케이크, 차, 거기에다 한 사발의 죽과 크림을 간식으로 내주었다. 로더 선생을 위해 쟁반에 따로 음식을 담아 왔기 때문에 그가 특별식을 하고 있다는 것을 누구라도 쉽게 알 수 있었다. 샌디는 다른 것들을 다 먹은 로더 선생이 과연 죽까지 먹을 수 있을지 불안한 시선으로 그를 지켜보았다. 그러나 브로디 선생이 그들에게 질문을 하는 동안, 그는 묵묵히 복종하는 태도로 받은 음식을 모두 다 먹었다. "요새는 미술 시간에 뭘 하고 있지?"

"대회에 내보낼 포스터를 그려요."

"로이드 선생님은—잘 지내시고?"

"아, 네, 정말 재미있는 분이세요. 보름 전에는 작업실도 보여주셨어요."

"어떤 작업실, 어디에 있는? 집에 있는 작업실?" 다 알고 있으면서도 브로디 선생이 물었다.

"네, 긴 다락인데, 그게—"

"부인도 만났니? 어떤 사람이지? 무슨 말을 하든? 어떤 차를 줬어? 아이들은 어떻고? 집에 가서는 뭘 했지?……"

브로디 선생은 우적우적 음식을 씹어대는 집주인에게 미술 선생에 대한 관심을 숨기려는 노력조차 하지 않았다. 멈추지 않고 음식을 먹는 로더 선생의 눈은 슬퍼 보였다. 지난주에는 메리 맥그레거와 유니스 가드너가, 그리고 그전주에는 로즈 스탠리와 모니카 더글러스가 같은 질문을 받았다는 것을 샌디와 제니는 알고 있었다. 그러나 브로디 선생은 로이드 선생에 대한 것이라면 아무리 같은 내용이라도 몇 번이고 반복해서 듣고 싶어했고, 특히 자신의 무리가 그의 집—에든버러 북쪽에 자리잡은 따뜻하고 자유로운 분위기의 커다랗고 낡은 그 집—에 다녀온 지금, 브로디 선생은 최근 로이드 선생과 같은 공기를 마신 소녀들을 접한다는 사실에 대단히 흥분했다.

"아이들이 몇 명이지?" 찻주전자를 든 채 브로디 선생이 물었다.

"다섯일 거예요." 샌디가 대답했다.

"여섯인 것 같은데." 제니가 말했다. "아기까지."

"아기가 한둘인가." 샌디가 말했다.

"그렇겠지, 가톨릭이니까." 로더 선생을 보며 브로디 선생이 말했다.

"아니, 제일 어린 아기 말이야." 제니가 대답했다. "갓난아이를 안 셌잖아. 그애까지 하면 여섯이지."

브로디 선생은 차를 따르더니 고든 로더 선생의 접시를 한번 힐끗 보았다.

"고든," 그녀가 말했다. "케이크요."

그가 고개를 젓더니 브로디 선생을 달래듯 부드럽게 대답했다. "아, 아니, 아니에요."

"먹어요, 고든. 몸에 아주 좋은 케이크예요." 그녀는 결국 그가 체스터 케이크*를 먹게 했고, 마치 그가 아닌 로이드 선생을 사랑하는 것에 대해 음식과 말투로 보상하겠다는 듯, 평소보다 더 강한 에든버러 억양으로 이렇게 말했다.

* 페이스트리 층 사이에 과일 필링을 채운 케이크.

"살을 찌워야죠, 고든. 내가 휴가를 떠나기 전까지 13킬로그램은 더 쪄야 한다고요." 브로디 선생이 말했다.

고개를 떨구고 턱을 천천히 움직이며, 로더 선생은 모두에게 차례로 최선을 다해 미소를 지어 보였다. 그사이 브로디 선생이 다시 물었다.

"그래, 로이드 부인은—너희가 보기엔 전성기에 있니?"

"아직 아닌 것 같아요." 샌디가 대답했다.

"전성기를 지났을지도 몰라요." 제니가 덧붙였다. "머리를 어깨까지 늘어뜨리고 있으니까 판단하기 어려워요. 사실은 아닐지도 모르지만, 머리 때문에 어려 보이거든요."

"전성기가 오지 않을 사람인 듯처럼 보였어요." 샌디가 덧붙였다.

"'인 듯처럼', 그건 중복적인 표현이야. 로이드 부인의 세례명은 뭐지?"

"디어드리요." 제니가 대답했고, 브로디 선생은 지난주에 메리와 유니스에게, 그전주에는 로즈와 모니카에게, 물론 로더 선생도 함께 있는 자리에서 이미 들었으면서도 마치 처음 듣는 듯 그 이름에 대해 생각했다. 밖에는 가벼운 비가 로더 선생 숲의 나뭇잎 위로 떨어지고 있었다.

"켈트식 이름이군." 브로디 선생이 덧붙였다.

샌디는 바닷가로 산책을 나가려고 브로디 선생을 기다리며 부엌문 앞에서 서성이고 있었다. 브로디 선생은 커다란 냄비에 집어넣을 거대한 햄 덩어리에 뭔가를 하는 중이었다. 요리는 새로 시작한 분야였지만 그녀 특유의 호방함에는 변함이 없어서, 로더 선생을 위해 준비하는 음식은 한 주 내내 먹을 만큼 큰 가족용 푸딩이나 소나 양의 도가니, 혹은 성난 눈의 커다란 연어 한 마리까지 모두 그 양이 어마어마했다.

"로더 선생 저녁으로 이걸 올려놔야 해." 그녀가 샌디에게 말했다. "그리고 오늘밤 집에 가기 전에 그가 저녁 먹는 걸 확인해야지."

브로디 선생은 언제나 주말 저녁에 자신은 집으로 돌아가고 로더 선생이 그 큰 집에 혼자 있을 거라는 사실을 강조하곤 했다. 그때까지 소녀들은 딱히 그 주장을 의심할 증거를 찾지 못했고 그후로도 그랬다. 그로부터 얼마 지나지 않아 엘런 커는 곤트 선생 손에 끌려 교장 앞으로 갔고, 로더 선생이 자는 이인용 침대 베개 밑에서 브로디 선생의 잠옷을 발견했노라고 증언했다. 침대보를 갈다가 발견했다고, 벽쪽 자리 베개 밑에 잠옷이 단정히 개킨 채 놓여 있었다고 했다.

"그게 브로디 선생 잠옷이라는 걸 어떻게 알죠?" 먹이가 대단히 가까운 곳에 있음을 냄새로 감지하면서도 손에 닿을 만큼 가깝지는 않다는 걸 알아챈, 눈치 빠른 매카이 교장이 물었다. 한 손으로 의자 등받이를 잡고 서 있던 그녀는 몸을 앞으로 기울인 채 대답을 기다렸다.

"척 봐도 알 수 있는 거죠." 곤트 선생이 거들었다.

"엘런 선생에게 묻고 있습니다."

"네, 척 봐도 알 수 있는 거죠." 흥분과 두려움이 뒤섞인 표정으로, 홀쭉한 볼에 붉은 혈관이 다 비쳐 보이는 엘런이 대답했다. "중국산 크레이프였어요."

"증거가 없어요." 책상에 앉으면서 매카이 교장이 말했다. "결정적인 증거를 찾으면 다시 오도록 해요. 그 옷은 어떻게 했죠? 브로디 선생에게 그 옷 이야기를 했나요?"

“아뇨, 매카이 선생님.” 엘런이 대답했다.

“브로디 선생에게 직접 물어봤어야지요. ‘브로디 선생님, 잠깐 이리 와서 이게 뭔지 설명을 좀 해주시겠어요?’라고 물었어야죠. 그게 엘런 선생이 해야 할 일이었어요. 그 잠옷은 아직도 거기 있나요?”

“아, 아뇨. 없어졌어요.”

“그렇게 뻔뻔한 여자예요.” 곤트 선생이 말했다.

나중에, 샌디가 작디작은 눈으로 역겹다는 듯 교장을 보면서 그녀가 천박한 표정으로 던지는 질문을 이리저리 회피하며, 결국 이런저런 것들을 고려한 끝에 브로디 선생을 배신하기로 결심했을 때, 그때 교장은 샌디에게 이 이야기를 모두 해주었다.

“그래도 오늘밤 집으로 가기 전에 소중한 동료의 음식을 미리 준비해놔야지.” 바닷가를 달리고 싶어 다리가 근질근질한 샌디가 부엌문에 기댄 채 그녀를 기다리던 1933년의 여름날, 브로디 선생은 그렇게 말했다. 제니가 옆으로 왔고, 둘은 함께 브로디 선생을 기다리며 그날 아침 그녀가 구입한 식료품이 크고 오래된 식탁 위에 쌓여 있는 모습을 보았다. 부엌 밖 탁자에는 커다란 과일 접시와 함께 상자들이 쌓여 있었는데, 마치 크리스마스나 휴가철 호텔의 주방처럼 제일 위에는 대추야자가 쌓여 있었다.

“이걸 다 먹으면 로더 선생님, 탈이 나지 않을까?” 샌디가 제니에게 물었다.

“채소를 먹으면 괜찮을 거야.” 제니가 대답했다.

언제나처럼 마치 영화배우 같은 모습으로 거대한 햄에 양념을 바르는 브로디 선생을 기다리는 동안, 피아노를 치며 슬픈 듯 천천히 노래

하는 로더 선생의 목소리가 서재에서 들려왔다.

지상의 모든 이여,
　　기쁜 노래로 주님을 찬양하라.
기쁨으로 주를 섬기고 찬양의 말을 전파하라,
　　주님 앞에 나아가 기뻐하라.

로더 선생은 교회 성가대의 지휘자이자 장로였고, 아직은 그의 침대 옆자리 베개 밑에서 잠옷이 발견되어 곤트 선생의 오라버니인 곤트 목사로부터 사임하라는 나직한 권고를 듣기 전이었다.

곧 약한 불에 햄을 올리고 냄비 뚜껑을 덮으면서, 브로디 선생이 콘트랄토로 곡에 풍부함을 더하며 웅장한 찬송가를 함께 부르기 시작했다.

오 찬양하며 그의 문에 들어가라,
　　기뻐하며 그의 정원으로 나아가라.

비는 그쳤지만 소금기 있는 공기는 아직 축축했다. 바닷가를 걷는 내내 브로디 선생은 철썩이는 파도 소리에 맞춰 테디 로이드 선생 집을 방문했던 일에 대해, 무슨 차를 마셨는지에 대해, 또 작업실 크기며 조명에 대해, 그들이 나눈 대화에 대해 계속해서 질문을 던졌다.

"작업실에 계실 때 굉장히 낭만적으로 보였어요." 샌디가 말했다.

"어떤 의미에서?"

"팔이 하나뿐이라서 그랬던 것 같아요." 제니가 끼어들었다.

"하지만 팔이야 언제나 하나뿐이었잖니."

"한 팔로 평소보다 많은 일을 하셨어요." 샌디가 대답했다.

"그 팔을 흔드셨어요." 제니도 거들었다. "작업실 창으로 보이는 전망이 아주 좋더라고요. 로이드 선생님은 그걸 자랑스러워하세요."

"작업실은 아마 다락에 있겠지?"

"네, 집 꼭대기에요. 작업실에 선생님이 새로 그린 가족 초상화가 있는데 그게 재미있어요. 제일 큰 선생님부터 시작해서 사모님, 그리고 애들이 키 순서대로, 바닥에 있는 아기까지 차례로 있으니까 캔버스를 가로질러 대각선 모양을 이루잖아요."

"그게 왜 재미있다는 거지?" 브로디 선생이 물었다.

"모두 똑바로 앞을 보고 있는데 다들 심각한 표정이거든요." 샌디가 대답했다. "재미있으라고 그렇게 그리신 거예요."

그 말에 브로디 선생이 살짝 웃음을 터뜨렸다. 멀리 하늘 위로 아름다운 석양이 바다를 물들이고 있었고, 일상의 세계를 침범하지 않고 종말이 오기라도 한 듯 핏빛 빛줄기가 수면 위로 번지며 복수의 자줏빛과 금빛으로 바다를 물들였다.

"초상화가 하나 더 있어요." 제니가 말했다. "아직 완성되진 않았는데, 로즈의 초상화예요."

"로이드 선생이 로즈를 그리고 있다고?"

"네."

"로즈가 로이드 선생 앞에서 포즈를 취하고?"

"네, 한 달쯤 되었나."

브로디 선생은 대단히 흥분했다. “로즈는 그런 얘기 안 했는데.” 브로디 선생이 말했다.

샌디가 잠시 말을 멈췄다. “아, 제가 깜빡했어요. 놀라게 해드리려고 했는데. 선생님한테는 비밀로 하기로 했거든요.”

“뭐, 그 초상화, 나한테 보여줄 거니?”

샌디는 곤란한 표정을 지었다. 로즈가 자기 초상화로 어떻게 브로디 선생을 놀라게 할 수 있을지 알 수 없었기 때문이다.

제니가 말했다. “아, 선생님, 그러니까 로이드 선생님을 위해 포즈를 취한다는 거, 그걸 비밀로 해서 놀라게 해드리려고 했다고요.” 그러자 샌디는 제니 말이 맞다는 걸 깨달았다.

“아,” 브로디 선생이 퍽 만족스러운 표정으로 대답했다. “로즈는 사려가 깊구나.”

샌디는 질투심을 느꼈다. 로즈를 사려 깊게 보이게 하려던 것은 아니었으므로.

“초상화를 그릴 때 로즈가 뭘 입고 있었니?” 브로디 선생이 물었다.

“체육복이요.” 샌디가 대답했다.

“옆으로 앉아 있어요.” 제니도 덧붙였다.

“옆모습이 보이도록.” 브로디 선생이 말했다.

브로디 선생이 로더 선생에게 줄 바닷가재를 사려고 한 남자를 불러 세웠다. 가재를 사고 나서 브로디 선생이 말했다.

“로즈의 초상화는 앞으로도 여러 번 그려질 거야. 이후로도 로이드 선생을 위해 포즈를 취하게 되겠지, 그애는 크림 중의 크림이니까.”

마치 질문 같은 말투였다. 샌디와 제니는 브로디 선생이 그들의 두

서없는 말을 이어붙여 전체 그림을 그려보려고 무척 애쓰고 있다는 걸 알 수 있었다.

선생의 노력에 부응하여 제니가 말했다. "아, 맞다, 로이드 선생님이 붉은 벨벳을 걸친 로즈의 모습을 그리고 싶어했어요."

뒤이어 샌디가 덧붙였다. "로즈에게 둘러줄 붉은 벨벳 천이 사모님께 조금 있어서, 둘이 로즈에게 그걸 둘러주려 했죠."

"또 갈 거니?" 브로디 선생이 물었다.

"네, 저희 다요." 샌디가 대답했다. "로이드 선생님은 저희를 명랑하고 착한 아이들이라고 생각하세요."

"이상하다는 생각 안 해봤니?" 브로디 선생이 물었다. "로이드 선생이 자기 작업실에 너희 여섯 명을 초대한 거 말이야."

"음, 저흰 한 무리잖아요." 제니가 말했다.

"로이드 선생이 학교의 다른 학생들도 초대했니?" 물론 브로디 선생은 이미 답을 알고 있었다.

"아, 아니요, 저희만 초대하셨어요."

"너희가 내 것이기 때문이지." 브로디 선생이 말했다. "그러니까, 내가 형태를 만들고 색을 입혔다는 의미에서 말이야. 그리고 지금 난 전성기에 있고."

샌디와 제니는 미술 선생이 무리를 함께 초대했다는 사실에 대해 별로 생각해보지 않았다. 그러나 브로디 무리를 대하는 로이드 선생의 태도에는 분명 뭔가 특별한 데가 있었다. 생각해볼 만한 미스터리였고, 이들을 만날 때 그가 브로디 선생을 염두에 두고 있었다는 건 분명한 사실이었다.

"언제나 선생님에 대해 물어봐요." 샌디가 브로디 선생에게 말했다. "저희를 보자마자 말이에요."

"그래, 로즈도 그렇게 얘기하더구나." 브로디 선생이 대답했다.

갑자기, 샌디와 제니는 날아가는 철새처럼 동시에 달리고 싶어졌고, 예고도 없이 자갈 덮인 해변을 따라 석양 가득한 공기 속으로 달려나갔다가 브로디 선생에게 되돌아와, 그녀가 다가오는 여름휴가에 로더 선생을 살찌운 다음 외국으로 휴가를 떠날 예정인데 커 자매의 보살핌 아래 그를 두고 가는 것이 못내 걱정이며, 올해는 이탈리아가 아니라 토머스 칼라일과 같은 예언자적 인물인 히틀러가 새로 수상 자리에 오르는 독일로 갈 건데 히틀러는 무솔리니보다 더 믿을 만한 인물이며 갈색 제복의 독일 나치 돌격대는 검은 제복의 이탈리아 파시스트와 전적으로 똑같지만 더 신뢰할 수 있는 부대라는 브로디 선생의 설명을 들었다.

제니와 샌디는 여름방학 동안 농장에 갈 계획이었고, 그곳에서 첫 두 주가 지나면 브로디 선생을 떠올리거나 그 이름을 입에 올리는 일도 거의 없이, 건초를 만들고 양떼를 쫓아다닐 터였다. 그러나 학기중에는 언제나 브로디 선생의 세계며 홀리루드와 멜로즈, 아가일, 비거 같은 학교의 세계가 반쯤 잊힐 것이라는 사실을 떠올리기 쉽지 않았다.

"로더 선생이 쌀을 넣은 송아지 내장 요리를 좋아할지 모르겠네." 브로디 선생이 중얼거렸다.

5장

"어, 이건 브로디 선생님 같은데요!" 샌디가 말했다. "브로디 선생님하고 똑같아요." 그러나 자기 말이 로이드 부부 귀에 가서 닿는 사이 여러 의미가 더해졌다는 사실을 깨닫고, 샌디는 얼른 말을 고쳤다. "물론 로즈지만요, 로즈랑 더 비슷하죠. 정말 로즈하고 똑같네요."

테디 로이드가 다른 각도에서 빛을 받도록 새 초상화를 옮겼다. 그래도 그림은 여전히 브로디 선생처럼 보였다.

디어드리 로이드가 말했다. "브로디 선생님은 만난 적이 없는 것 같은데. 피부가 흰가?"

"아니," 예의 쉰 목소리로 테디 로이드 선생이 대답했다. "가무잡잡해."

샌디는 초상화의 하얀 얼굴을 보았고 그건 분명 로즈의 얼굴이었다. 로즈는 체육복을 입고, 손바닥을 두 무릎 위에 내려놓은 채 옆모습이 보이게 창가에 앉아 있었다. 어디가 브로디 선생과 닮은 걸까? 옆모습, 이마, 어쩌면 로즈의 파란 눈동자에서 나오는 쏘아보는 듯한 시선이 브로디 선생의 갈색 눈동자에서 나오는 제압하는 듯한 시선과 닮았는지도 몰랐다. 초상화는 정말로 브로디 선생처럼 보였다.

"로즈예요, 정말." 샌디가 말하자 디어드리 로이드가 그녀를 바라보았다.

"마음에 드니?" 테디 로이드가 물었다.

"네, 근사한데요."

"응, 그럼 됐네."

샌디가 작디작은 눈으로 그림을 뚫어져라 보고 있는데 테디 로이드 선생이 외팔로 무심히 그림 위에 천을 획 덮었다.

디어드리 로이드는 샌디가 처음으로 만난, 농부처럼 옷을 입은 여자였는데 그 복장은 이후 삼십 년 넘게 유행했다. 디어드리 로이드는 짙은색 긴 주름치마에 밝은 녹색 블라우스의 소매를 걷어올리고 목에는 색을 입힌 커다란 나무 묵주 목걸이를, 귀에는 집시풍 귀걸이를 하고 있었다. 허리에는 폭이 넓은 새빨간 허리띠를 맸다. 진한 밤색 스타킹에, 진녹색 스웨이드 슬리퍼를 신었다. 이 옷, 또 비슷한 다른 옷을 입은 디어드리의 모습이 그려진 캔버스가 작업실 여기저기 놓여 있었다. 그녀는 웃음을 터뜨리는 것 같은 매력적인 목소리를 가지고 있었다. 디어드리가 말했다.

"로즈의 새 초상화가 있어. 테디, 샌디에게 로즈의 새 초상화를 보여줘요."

"아직 보여줄 만큼 완성이 안 됐어."

"음, 그럼 붉은 벨벳은 어때? 샌디한테 그걸 보여줘요—지난여름 테디가 근사한 초상화를 그렸는데, 로즈한테 붉은 벨벳을 두른 그림이어서 우린 그걸 '붉은 벨벳'이라고 불러."

테디 로이드가 다른 캔버스들 뒤에 있던 그림 하나를 가져왔다. 그러고는 이젤 위, 빛을 받는 자리에 올렸다. 샌디는 누구나 신뢰할 수 있는, 놀라운 그 작은 두 눈으로 그림을 보았다.

초상화는 브로디 선생처럼 보였다. 샌디가 말했다. "색이 마음에 드는걸요."

"브로디 선생님 같아 보이니?" 디어드리 로이드가 웃음을 터뜨리는 것 같은 특유의 목소리로 물었다.

"브로디 선생님은 전성기에 있는 여성인걸요." 샌디가 대답했다. "하지만 그렇게 말씀하시니 닮은 것도 같네요."

디어드리 로이드가 말했다. "이걸 그릴 때 로즈는 겨우 열넷이었지. 그림 속에서는 굉장히 성숙해 보이는데 실제로도 그앤 꽤 조숙하잖니."

둘러놓은 진홍색 벨벳은 두 가지 효과를 동시에 내고 있었다. 로즈는 화가처럼 팔이 하나밖에 없는 것같이 보였고, 벨벳이 가슴 주위로 굴곡을 만들어 열다섯이 된 지금보다도 가슴이 도드라져 보였다. 또 그 그림은 꼭 브로디 선생 같았는데, 그게 그 그림에서 가장 눈에 띄는 점이자 가장 중요한 미스터리였다. 로즈의 얼굴은 골격이 크고 창백했다. 브로디 선생은 눈, 코, 입은 컸지만 얼굴 골격 자체는 작았다. 어떻게 로마인 같은 브로디 선생의 가무잡잡한 얼굴을 창백한 로즈의 얼굴에 입혔는지 알 수 없는 노릇이었지만, 테디 로이드는 그 일을 해냈다.

샌디는 작업실에 있는 최근 초상화들, 로이드 부인과 아이들, 다른 몇몇 알 수 없는 모델의 얼굴을 다시 한번 둘러보았다. 어떤 그림도 브로디 선생처럼 보이지는 않았다.

그때 작업대의 캔버스 더미 제일 위에 있는 그림 한 장이 눈에 띄었다. 여성 노동자들이 흔히 입는 숄을 걸친 채 론마켓 가로등에 기대선 브로디 선생이었다. 조금 더 가까이서 보니 그것은 광대뼈가 불거지고 코가 긴 모니카 더글러스의 초상화였다. 샌디가 말했다.

"모니카도 모델을 선지 몰랐어요."

"한두 개 시험 삼아 스케치를 해본 거야. 그 배경이 모니카에게 잘 어울리는 것 같지 않니? 여기 광대 차림의 유니스 그림도 하나 있는데 그 옷이 아주 잘 어울리더구나."

샌디는 혼란스러웠다. 그애들, 모니카와 유니스는 테디 로이드 선생이 자기를 그리고 있다는 사실을 친구들에게 이야기하지 않았다. 물론 그들은 이제 모두 열다섯 살이었고 서로에게 말하지 않는 것들이 많았다. 샌디는 유니스 그림을 조금 더 가까이에서 들여다보았다.

유니스는 학교 공연에서 그 광대 의상을 입었다. 몸집이 작고 단정하고 이목구비가 뚜렷한 유니스도 그 그림에서는 브로디 선생처럼 보였다. 여러 가지로 당혹감을 느끼면서도, 샌디는 테디 로이드의 경제적인 방식에 매료되었다. 사 년 전, 전쟁터에 나간 첫사랑의 모습에다 새로 그녀의 일상에 들어온 음악 선생과 미술 선생의 특징을 덧붙여 변형된 사랑 이야기를 만들어냈던 브로디 선생의 방식에 매료되었던 것처럼. 테디 로이드 선생의 방식도 그와 비슷하게 경제적이었고, 이후 샌디는 여러 선택지가 있을 때 언제나 가장 경제적인 것이 가장 좋은 것이며, 갖고 있는 모든 수단 중에서 가장 효과적이고 효율적인 방법을 선택해야 한다고 생각했다. 브로디 선생을 배신해야 할 순간이 되었을 때도 샌디는 이 원칙에 따라 행동했다.

지난 학기 시험 결과가 좋지 않았던 제니는 요즘 집에서 학과 공부를 하며 대부분의 시간을 보내고 있었다. 샌디는 브로디 선생뿐 아니라 브로디 무리 전체가 무너지고 있다는 분명한 느낌이 들었다. 깨지는 것이 어쩌면 잘된 일일지도 모르겠다고 샌디는 생각했다.

아래층 어딘가에서 로이드 부부의 아이 중 하나가 소리를 지르기 시작했고 곧 또다른 아이가, 그리고 모두가 합창하듯 소리를 질렀다. 디어드리 로이드는 농부가 입을 법한 치마를 휘날리며 아이들을 살피러 내려갔다. 로이드 부부는 가톨릭 신자였고, 아이를 많이 가질 수밖에 없었다.

"언젠가," 차를 마시기 위해 샌디를 아래층으로 데리고 가기 전 그림들을 쌓아올리면서 테디 로이드가 말을 꺼냈다. "브로디 무리 학생들을 전부 그려보고 싶어. 한 명씩, 그리고 다 같이." 그는 고개를 획 젖혀 눈을 가린 금발 머리를 뒤로 넘겼다. "다 같이 그린 다음에 어떤 느낌의 단체 초상화가 나오는지 보면 재미있을 거야." 그가 말했다.

샌디에게는 이 말이 이제 막 싹트기 시작한 각각의 개성을 희생시키며 브로디 무리를 하나로 묶으려는 시도처럼 여겨졌다. 그녀는 별안간 발끈하는, 최근 들어 생긴 성미를 드러내며 그에게 몸을 돌리면서 말했다. "아마 한 명의 큰 브로디 선생님처럼 보이겠죠."

로이드 선생이 재미있다는 듯 웃음을 터뜨리더니 조금 더 찬찬히, 마치 처음 보는 것처럼 샌디를 살펴보았다. 샌디도 작은 눈으로 협박이라도 하듯, 다 알고 있다는 양 반항심을 드러내면서 찬찬히 그를 마주보았다. 그 순간 로이드 선생이 샌디에게 길고 축축한 키스를 했다. 그러더니 예의 쉰 목소리로 덧붙였다. "그런 눈으로 예술가를 보면 어떻게 되는지 이제 알았겠지."

샌디는 손등으로 입술을 닦으며 문으로 달려가려 했지만, 로이드 선생이 한 손으로 샌디를 잡고 말했다. "도망갈 필요 없어. 넌 내가 평생 본 가장 못생긴 것들 중 하나니까." 그러고 나서 그는 서 있는 샌디를 작업실에 두고 걸어나가버렸고, 그녀는 그를 따라 아래층으로 가는 것 말고 달리 할 수 있는 일이 없었다. 거실에서 디어드리 로이드가 부르는 소리가 들려왔다. "샌디, 이리 오렴."

차를 마시는 내내 샌디는 그 일에 대한 최초의 감정을 분석해보려고 애썼지만 쉽지 않은 일이었다. 옆에 있는 아이들이 샌디에게 이런저런 요구를 했기 때문이다. 여덟 살짜리 제일 큰 사내아이가 라디오로 몸을 돌리더니 점잔 빼는 잉글랜드식 말투로 헨리 홀 밴드 반주에 맞춰 〈오 집시여, 음악을 들려줘요〉를 부르기 시작했다. 다른 세 아이도 야단스러운 소음을 만들었다. 그 소음 너머로, 디어드리 로이드는 샌디에게 사모님 대신 디어드리라고 부르라고 말했다. 그래서 샌디는 테디 로이드의 키스며 그가 한 말에 자신이 어떤 감정을 느꼈는지 돌아보고, 자신이 모욕을 당한 것인지 아닌지 생각해볼 기회를 가질 수가 없었다. 그는 뻔뻔하게도 "그리고 학교 밖에서는 나를 테디라고 불러도 좋아"라고 얘기하고 있었다. 사실 소녀들끼리는 이미 그를 화가 테디라고 부르고 있었다. 샌디는 로이드 가족을 한 명씩 찬찬히 둘러보았다.

"이 학생들에게 브로디 선생님 이야기를 정말 많이 듣네." 디어드리가 말했다. "한번 차를 들러 오시라고 초대해야 할 것 같은데. 초대하면 오실까?"

"아니." 테디가 대답했다.

"왜?" 디어드리가 되물었지만 별로 개의하는 눈치는 아니었다. 팔이 긴데다 귀찮기도 해서, 그녀는 앉아 있던 낮은 의자에서 몸을 일으키지 않고 테이블에 있던 과자 접시를 들어 옆으로 돌렸다.

"너희, 좀 조용히 하든지 아니면 방에서 나가." 테디가 소리쳤다.

"차를 마시게 브로디 선생님을 한번 모시고 오렴." 디어드리가 샌디에게 말했다.

"안 올 거라니까." 테디가 말했다. "오실 것 같니, 샌디?"

"선생님은 굉장히 바쁘세요." 샌디가 대답했다.

"담배 좀 줘요." 디어드리가 말했다.

"브로디 선생님은 아직도 로더 선생님 집안일을 도와주나?" 테디가 물었다.

"음, 네, 조금—"

"로더 선생님은," 테디가 하나뿐인 팔을 흔들며 말했다. "여자들 홀리는 재주가 있나봐. 학교의 여선생 절반이 그를 돌봐주는 눈치니. 왜 가정부를 고용하지 않는 거지? 돈 많겠다, 아내도 아이도 없고, 집세를 낼 필요도 없지, 자기 집이니까. 왜 제대로 된 가정부를 고용하지 않는 걸까?"

"브로디 선생님을 좋아하시는 것 같아요." 샌디가 대답했다.

"하지만 브로디 선생님은 그 사람의 뭘 보고?"

"노래를 불러주시잖아요." 샌디가 갑자기 날카롭게 대꾸했다.

디어드리가 웃음을 터뜨렸다. "브로디 선생님, 아무래도 퍽 재미있는 분인 것 같네. 나이가 어떻게 되지?"

"진 브로디 선생은," 테디가 대답했다. "전성기에 있는 여성이지." 그는 일어나서 머리를 휙 젖혀 앞머리를 뒤로 넘긴 뒤 방을 나가버렸다.

디어드리는 하얗게 빛나는 연기를 한 번 내뿜더니 담배를 비벼 껐고 샌디는 이제 가봐야겠다고 말했다.

지난 이 년간 로더 선생은 브로디 선생을 꽤나 걱정시켰다. 어떨 때는 앨리슨 커 선생과 결혼을 생각하는 것 같은 눈치다가 다른 때는 엘런 선생을 더 마음에 들어하는 것처럼 보였으며, 그러는 내내 잠자리를 같이하고 음식을 제공하는 것 이외에는 다른 관계를 일체 거부하는 브로디 선생에게 빠져 있기도 했다.

그는 음식이라면 진절머리가 났다. 먹는 일은 지루했고 그를 살찌게 했으며 목소리도 나빠지게 만들었다. 그가 원하는 건 함께 골프를 치고 노래할 아내였다. 신부와 함께 헤브리디스제도의 럼 근처 에이그섬으로 신혼여행을 갔다가 크래먼드의 집으로 돌아오고 싶었다.

욕구불만이 한창 쌓여갈 무렵, 엘런 커가 이인용 침대의 로더 선생 옆자리 베개 밑에 가지런히 개킨 고급 잠옷을 발견한 것이다. 더군다나 로더 선생이 태어난 바로 그 침대에서.

브로디 선생은 여전히 로더 선생을 받아들이지 않았다. 교회 성가대 지휘자와 장로 자리에서 물러난 후 그는 우울에 빠졌는데, 소녀들은 브로디 선생이 자신의 짧은 다리를 용납하지 못하고 언제나 테디 로이드의 긴 다리를 갈망한다는 생각에 그가 우울해하는 거라고 추측했다.

소녀들이 열세 살에서 열네 살이 되고 열네 살에서 열다섯 살이 되는 동안 브로디 선생은 이 모든 일을 무리에게 에둘러 이야기해주었다. 자신이 음악 선생과 잤다는 이야기만은 간접적으로도 언급하지 않았는데, 브로디 선생이 쓸 법한 표현을 빌리자면, 그녀는 여전히 누가 신뢰할 만한 인물일지 결정하기 위해 무리를 시험하고 있었다. 학부모들의 마음에 어떤 경계나 의심이 일어나기를 그녀는 바라지 않았다. 브로디 선생은 언제나 무리의 부모들에게 좋은 인상을 주고 그들의 승인과 감사를 얻기 위해 무척 신경을 썼다. 그래서 그때그때 적당해 보이는 정보만을 주면서, 다른 한편 모든 것을 다 털어놓을 한 사람, 밖에서 화젯거리를 만들고 싶은 욕망보다 호기심이 더 큰 사람, 브로디 자신에게 더 큰 신망을 얻고 싶어하고 그녀에게 들은 이야기를 결코 누구에게도 누설하지 않을 단 한 명을 찾고 있었다. 물론 한 명밖에 선택될 수 없었다. 두 명은 위험했다. 거의 직관적으로 브로디 선생은 샌디를 선택했지만 그럼에도 그때조차 그녀의 연애사는 털어놓지 않았다.

1935년 여름, 이십오 주년*을 축하하기 위해 학교의 모든 사람이 재킷 깃에 희고 푸른 리본과 붉은 장미 장식을 달아야 했다. 장식을 잃어버린 로즈 스탠리는 아마 테디 로이드 선생의 작업실에 두고 온 것 같다고 말했다. 샌디가 미술 선생 집에 다녀온 지 얼마 되지 않았을 때였다.

"여름방학 동안 뭘 할 거니, 로즈?" 브로디 선생이 물었다.

---

* 1935년은 조지 5세가 즉위한 지 이십오 년이 되는 해다.

"아빠가 두 주 동안 하일랜드에 데려가주신다고 하셨어요. 그다음은 모르겠어요. 가끔 로이드 선생님 모델을 설 것 같아요."

"좋은 생각이구나." 브로디 선생이 말했다.

다음 여름방학이 끝난 뒤 브로디 선생은 샌디에게 비밀을 털어놓기 시작했다. 화창한 초가을에 두 사람은 방과후 함께 골프 코스를 돌곤 했다.

"내 모든 희망은," 브로디 선생이 말했다. "이제 너하고 로즈에게 달려 있어. 다른 애들한테 말해선 안 돼, 질투할 수 있으니까. 제니한테도 희망을 갖고 있었지, 대단히 예쁘니까. 하지만 그애는 지루하고 평범한 아이가 되고 말았어. 그렇게 생각하지 않니?"

시의적절한 질문이었고, 그 덕에 샌디 역시 매일 조금씩 선명해지던 느낌을 분명히 의식할 수 있었다. 지난 한 해, 제니는 지루해졌고 그 때문에 샌디는 외로웠다.

"그렇게 생각하지 않아?" 샌디가 공을 치기 위해 벙커에 들어가 있었기 때문에 위에서 샌디를 내려다보며 브로디 선생은 다시 물었다.

"네, 조금요." 9번 아이언을 휘두르며 샌디가 대답했고, 공은 반원을 그리며 뒤로 조금 굴러갔다.

"유니스한테도 희망을 갖고 있었지만," 브로디 선생이 곧 말을 이었다. "같이 수영을 다니는 남자애한테 관심이 있는 것 같더구나."

샌디는 아직 벙커에 있었다. 브로디 선생이 이렇게 예언 같은 말을 떠들 기색을 보일 때면 두서없는 말을 좇아가기가 쉽지 않았다. 대체 무슨 말을 하려는 건지 좀 기다려봐야 했다. 그동안 샌디는 경사진 골프 코스의 언덕배기 부분, 벙커 위쪽에 서 있는 브로디 선생을 올려다 보았다. 최근 이집트에서 보낸 휴가 덕에 여전히 구릿빛이 감도는 피부에 회색빛 도는 청색 트위드 옷을 입은 브로디 선생은 무척 근사해 보였다. 샌디에게 말하면서 브로디 선생은 에든버러를 내려다보고 있었다.

샌디가 벙커에서 나왔다. "유니스는," 브로디 선생이 말을 이었다. "전문직에 종사하는 남자와 결혼해 정착할 거야. 어쩌면 그애는 내 덕을 좀 본 셈인지도 모르지. 메리, 그래, 메리. 메리에게는 단 한 번도 희망을 가져본 적이 없어. 너희가 아직 어렸을 때, 그땐 메리도 뭔가 될 수 있을지 모른다고 생각하긴 했지. 딱한 애였어. 하지만 그애는 내가 겪은 가장 짜증나는 여자애야, 멍청한 애보다는 차라리 말 안 듣는 애가 훨씬 낫지. 모니카는 분명 우등으로 과학과 관련한 학위를 받을 테지, 하지만 영적 통찰력이라곤 전혀 없고, 그게 바로 그애가—"

이제 브로디 선생이 공을 칠 차례였고 그녀는 거리를 가늠하고 공을 칠 때까지 잠시 말을 멈추었다. 그러고는 다시 말을 이었다. "—분을 참지 못하는 이유야. 기호와 상징, 산술이 아닌 다른 것은 전혀 모르니까. 영적 통찰력의 결여처럼 스스로를 화나게 만드는 건 없거든. 샌디, 바로 그 때문에 무슬림들이 그렇게 평온할 수 있는 거야, 그들은 굉장한 영적 통찰력을 지니고 있거든. 이집트에서 내 통역을 맡았던 사람이 금요일을 주일主日*이라 부르는 건 옳지 않다고 하더구나. '모든 날이 성스러운 날이지요.' 그가 나한테 한 말이야. 정말 심오한 생각이라

* 이슬람에서는 금요일이 안식일이다.

난 숙연해졌지. 이집트를 떠나기 전 우리는 이미 작별 인사를 나누었어, 샌디. 그런데 세상에, 기차에 앉아 있는데 그 사람이 날 위해 꽃다발을 들고 플랫폼으로 달려온 거야. 그는 진정한 위엄을 갖추고 있었어. 샌디, 클럽 위로 그렇게 구부정하게 어깨를 구부리면 안 돼, 어깨를 뒤로 당기고 허리를 굽히도록. 그는 자신의 본분을 결코 잊지 않는 정말 놀라운 사람이었지."

그들은 공을 들고 다음 홀을 향해 걷기 시작했다. "록하트 선생님하고도 골프 친 적 있으세요?" 샌디가 물었다.

"록하트 선생이 골프를 치나?"

"네, 꽤 잘 치세요." 어느 토요일 아침 샌디는 고든 로더와 골프를 치고 있는 과학 선생을 만나 깜짝 놀란 적이 있었다.

"좋은 샷인데, 샌디. 록하트 선생에 대해선 아는 것이 거의 없어." 브로디 선생이 말했다. "실험용 가스와 유리병에 묻혀 사는 사람이잖아. 천박한 유물론자들이지. 중등부 여선생은 모두 다 페이비언협회* 회원에다 반전주의자들이야. 나와 로더 선생, 로이드 선생이 모두 함께 맞서 싸우는 것들이지, 그 편협하고 교육 수준 낮은 초등부 어중이떠중이들과 싸우지 않을 때 말이야. 샌디, 너 근시인 게 분명해, 그렇게 사람들을 빤히 쳐다보는 걸 보니. 안경을 맞춰야 해."

"아니에요." 샌디가 짜증스럽다는 듯 대답했다. "그렇게 보이는 것뿐이에요."

"걱정이구나." 브로디 선생이 대답했다. "알겠지만, 샌디, 이제 내

* 1884년 창립된, 점진적 개혁을 주장하는 사회주의 단체.

모든 희망은 너와 로즈에게 달려 있어. 넌 통찰력이 있어, 영적인 수준까진 아니지만 그래도 깊은 통찰력을 지니고 있고, 로즈는 본능을 지녔지, 로즈에게는 본능이 있다고."

"영적인 수준까지는 아니지만 말이에요." 샌디가 덧붙였다.

"그래." 브로디 선생이 말했다. "맞아. 로즈는 그 본능 덕에 장차 크게 될 거야."

"그애는 초상화 포즈 취하는 법을 본능적으로 알고 있죠." 샌디가 덧붙였다.

"바로 이래서 너한테 통찰력이 있다고 하는 거야." 브로디 선생이 말했다. "내 눈은 못 속이지, 전성기가 되면서 난 본능과 통찰력을 모두 갖게 되었으니까."

자신에게 주어진 권리를 만끽하기 위해 샌디는 종종 세인트자일스 대성당이나 톨부스*로 가서 그 주변을 서성이며 음산하고 무시무시한 구원의 상징들, 그에 비하면 상상 속 지옥의 불길은 훨씬 더 밝고 명랑하게 느껴지게 만드는 종교적 상징들에 대해 묵상하곤 했다. 학교에서도 집에서도, 한때 진지하게 받아들여졌던 농담 정도로 언급하는 것을 제외하면 칼뱅주의에 대해 이야기해준 사람은 없었다. 그때 샌디는 자신을 둘러싼 환경이 표면적으로는 에든버러 특유의 환경이 아니라는 사실을 이해하지 못했다. 에든버러 사람들이 속한 사회 계급은 그녀가 속한 사회 계급 바로 위, 더 많은 경우 바로 아래에 속해 있었다. 사회

* 올드 톨부스. 세인트자일스 대성당 근처에 있는 건물로, 19세기 초반까지 행정부 건물 겸 감옥으로 사용되었다.

계급에 대해 그녀는 전혀 아는 바가 없었다. 겉으로 보기에 그녀의 십오 년 인생은 영국 제도 내 도시 어디에나 있는 교외 지역의 삶과 다를 바 없었다. 독특한 반 체계를 갖춘 그녀의 학교는 일링*에도 있을 법했다. 샌디는 에든버러만의, 다른 어느 곳에서도 찾아볼 수 없는 삶의 어떤 요소를 지난 십오 년간 한 번도 경험하지 못했다는 사실을 이제 분명히 의식했고, 아무리 유쾌하지 않은 것이라 하더라도 그것을 박탈당했다고 느꼈다. 아무리 바람직하지 않은 것이라 하더라도 알고 싶었으며, 계몽된 이들이 자신을 그로부터 더는 보호하지 않기를 갈망했다.

사실 샌디가 박탈당했다고 느낀 것은 칼뱅주의, 혹은 칼뱅주의에 대한 특별한 인식이었다. 샌디는 이 타고난 권리, 분명 거부하게 될 무언가를 욕망했다. 부정되는 만큼이나 칼뱅주의는 모든 곳에 스며들어 있었다. 샌디가 아는 가장 현실적이고 토착적인 사람인 곤트 선생이나 커 자매는, 신이 거의 모든 사람을 위해 그들이 사후 맞게 될 심술궂은 결말을 그들이 태어나기도 전에 예정해두었다는 자신들의 믿음을 조금도 의심하지 않았다. 이후 장 칼뱅을 읽은 샌디는 칼뱅주의에 대한 대중적 이해에 더러 오류가 있는 것은 맞지만 적어도 이 믿음에는 전혀 틀린 데가 없다는 사실을 발견했다. 사실 그 대중적 믿음은 신이 의도적으로 어떤 사람들에게 구원과 환희에 대한 잘못된 인식을 심어줌으로써, 사후 그들이 맞이할 운명을 더욱 잔인하게 느껴지게 만드는 데서 기쁨을 누렸다는 주장을 다소 완곡하게 이해한 것이기도 했다.

샌디에겐 아직 이렇게 흥미로운 명제들을 이론으로 풀어낼 능력이

---

* 런던에 있는 행정구역.

없었다. 그럼에도 불구하고 자신이 숨쉬는 공기에서 그것을 느낄 수 있었고, 주일을 지키지 않는 사람들의 흥미로운 반항적 태도에서 그것을 감지할 수 있었으며, 전성기에 있는 브로디 선생의 월권 행위에서 그 냄새를 맡을 수 있었다. 이제 혼자 외출할 수 있게 된 샌디는 자신에게 금지된 에든버러의 구역을 배회하며 검게 변한 기념물들을 보았고, 술 취한 남녀의 입에 담을 수 없는 욕설을 들었으며 그들의 얼굴을 모닝사이드며 머치스톤에 사는 익히 아는 사람들의 얼굴과 비교해보았다. 그녀는 새롭고 짜릿한 칼뱅적 죄의식이 자신을 관통하는 것을 느끼면서, 두 얼굴 사이에 별다른 차이가 없음을 확인했다.

이렇게 우회적인 방식으로 샌디는 브로디 선생이 그런 인물이 된 이유, 더이상 견딜 수 없게 된 다른 독신 여성들처럼 술독에 빠지는 대신 이국적이고 자기파괴적인 도취에 빠짐으로써 그토록 특이하게 스스로를 고양시키게 된 이유를 이해하기 시작했다.

브로디 선생이 로즈가 본능을 활용해 테디 로이드 선생의 연인이 될 준비를 시작하기를, 그리고 샌디가 통찰력을 발휘해 그 관계의 정보통이 되어주기를 바라는 것은 분명했다. 바로 이 목적을 위해 그녀는 로즈와 샌디를 크림 중의 크림으로 선택했던 것이다. 샌디의 마음을 사로잡은 그 계획에서는 유황 냄새가 났다. 그러나 계획일 뿐이었다. 서두를 이유도 전혀 없었다. 브로디 선생은 준비하는 과정에서 많은 기쁨을 느꼈기에 계획을 천천히 실행에 옮기고 싶어했고, 게다가 이런 계획들이 샌디에게만큼이나 브로디 선생에게도 확실한 것이었다 해도, 소녀들은 아직 너무 어렸다. 그럼에도 불구하고 소녀들이 열여섯 살에 접어들자 브로디 선생은 모두에게 "샌디는 정보국의 능력 있는 비밀 요원, 위대한 첩보원이 될 거야"라고 말하는가 하면, 샌디에게만 따로 "로즈는 위대한 연인이 될 거야. 그애는 평범한 도덕규범을 뛰어넘는 아이니까, 규범 따위는 그앨 구속할 수 없어. 통찰력이 없는 애들한테는 딱히 들려줄 이야기도 아니지" 같은 말을 하기도 했다.

샌디는 이미 일 년이 넘도록 이 계획에 가담하고 있었고 시시때때로 로이드 선생 집을 방문해 브로디 선생과 꼭 닮은 로즈의 초상화가 어떻게 진행되는지 브로디 선생에게 보고했다.

"로즈는 말이야," 브로디 선생이 말했다. "D. H. 로런스 소설의 여주인공 같아. 본능을 가지고 있지."

그러나 사실 로즈에 대한 미술 선생의 관심은 전적으로 직업적인 것이었다. 로즈는 훌륭한 모델이었던 것이다. 로즈는 그 역할에 만족하는 본능을 가지고 있었고, 실제 일이 벌어졌을 때도 테디 로이드와 잔 사람은 샌디였으며 로즈는 그 소식을 전하는 정보원 노릇을 했다.

아직 이런 일들이 벌어지기 전이었다. 그동안 브로디 선생은 크래먼드의 로더 선생을 등한시하고 로즈 및 샌디와 될 수 있는 한 많은 시간을 보냈으며, 그 둘을 만날 때면 예술과 예술가를 위해 포즈를 취하는 일, 모델로서 로즈의 미래, 로즈가 자기 내면의 가능성을 깨달아야 할 당위성, 그것은 로즈가 부여받은 재능이며 로즈는 모든 규칙의 예외, 즉 규칙의 존재를 입증하는 예외라는 등의 이야기를 하곤 했다. 브로디 선생이 조심하느라 충분히 구체적으로 계획을 이야기하지 않았으므로 로즈는 그녀가 하는 말을 절반쯤만 이해할 수 있었는데, 그나마도 샌디가 이미 알고 있는 것처럼 그때쯤 로즈가 자신의 본능에 따라, 여학교 정문에서 안전거리를 확보한 채 떨어져 어색하게 자전거 옆에서 있던 남학생들 사이에서 섹스로 유명한 존재가 되어 있었기 때문이었다. 이들 사이에서 로즈의 인기는 대단했는데, 바로 그것이 로즈가 섹스로 유명해진 유일한 이유였다. 정작 그애는 섹스를 즐기기는커녕 섹스에 대해 이야기를 하는 법도 거의 없었다. 로즈는 모든 일에서 본능을 따랐고, 브로디 선생의 말조차 본능에 따라 한 마디 한 마디 모두 동의한다는 듯 듣고 있었다.

"네가 열일곱이나 열여덟이 되면, 로즈, 넌 위대한 성취의 순간을 맞이하게 될 거야."

"네, 솔직히 저도 그렇게 생각해요, 선생님."

진 브로디를 향한 테디 로이드의 열정은 브로디 무리의 소녀들을 그린 모든 초상화에 분명히 드러나 있었다. 어느 여름, 테디 로이드는 브로디 무리 전체의 그림을 그렸다. 소녀들은 모두 각기 다른 방식으로 파나마모자를 쓰고 있었으며, 그 모자들은 마법 같은 변형을 통해 로즈, 샌디, 제니, 메리, 모니카, 유니스의 얼굴을 한 서로 다른 브로디 선생을 꾸며주고 있었다. 그러나 대부분 모델을 서는 것은 로즈였는데, 본능적으로 훌륭한 모델이기도 했고, 테디 로이드가 모델료로 주는 5실링이 영화에 푹 빠져 있던 로즈에게 무척 요긴했기 때문이다.

로즈와 관련한 브로디 선생의 착각을 깨달아가던 이즈음 샌디는 브로디 선생을 측은하게 여기게 되었다. 그런 때의 브로디 선생은, 마치 유난히 하얗게 빛나는 진줏빛 빛줄기가 섬세하게 교차된 거리 중 하나를 비출 때 음산하고 어두운 에든버러가 갑자기 수상 도시로 변하는 것처럼, 연약하고 아름다워 보였다. 이와 비슷한 방식으로 여자의 어리석음이라는 흥미로운 빛을 비춰봄으로써 샌디는 브로디 선생의 당당한 착각을 이해하고 공감하게 되었고, 이후에도 착각에 빠진 당시의 브로디 선생을 생각할 때보다 더 큰 애정을 그녀에게 느낀 적은 없었다.

하지만 여전히 무리의 지도자, 로마의 여장부, 교육개혁가가 브로디 선생의 지배적 이미지였다. 그녀와 엮이는 것은 학교 입장에서는 대체로 불편한 일이었다. 모자 위를 눌러쓰거나 챙을 앞뒤로 기울이는 것은 둘째 치고 팀 정신의 결여, 혹 선호하는 것이 있기나 하다면 말이지만, 하키나 배구보다 골프를 좋아한다는 사실만으로도 무리는 학교의 다른 학생들과 선명하게 구분되었다. 학교의 다른 이들에게 브로디 무리로 알려졌기 때문에 브로디 무리를 벗어나는 것은 불가능했다. 공식적으로는 홀리루드, 멜로즈, 아가일, 비거에 속해 있었지만 브로디 무리는 팀 정신을 지니고 있지 않으며 어느 반이 경기에서 이기든 신경쓰지 않는다고 잘 알려져 있었다. 설사 신경을 쓰고 싶어도 그럴 수 없었다. 반 체계에 대한 그들의 무시는 이제 하나의 체계가 되어, 그 자체가 제도처럼 존중받고 있었다. 만약 이런 평판이 없었다면 무리의 여섯 소녀들은 4학년이 되고 열여섯이 되었을 무렵 각자의 길을 갔을지도 모른다.

그러나 이제는 돌이킬 수 없었고, 그들은 그러한 상황을 최대한 만끽했으며 자신들이 부러움의 대상이라는 것도 알고 있었다. 모두들 크래먼드의 저택이나 테디 로이드 선생의 작업실을 방문하고 극장에 가는가 하면 브로디 선생과 차를 마시는 브로디 무리야말로 다른 누구보다 더 많은 재미를 누린다고 생각했다. 사실이 그렇기도 했다. 무리에 속하지 않는 소녀들의 눈에도 브로디 선생은 언제나 신나는 활동의 주

동자였다.

교육 방침을 둘러싼 브로디 선생과 학교 당국의 갈등은 해를 거듭하며 더욱 심각해졌고, 브로디 선생은 전투에서 위기에 처할 때마다 모두 단결해 그녀를 지원하는 것을 무리의 도덕적 의무로 규정했다. 그런 때면 선생은 소녀들을 찾다가 방과후 자전거를 탄 남학생들과 어슬렁거리는 그들을 발견하곤 했고, 그러면 소년들은 재빨리 자리를 뜨고, 소녀들은 다음날 저녁을 먹으러 오라는 지시를 받았다.

무리는 브로디 선생과 함께 전차 정류소를 향해 걸었다. "내가 더 진보적인 학교, 그러니까 허접한 학교 중 하나에 지원해야 한다는 제안이 또 나왔어. 그런 허접한 학교에 지원할 일은 절대 없어. 내가 할 일이 있는 이 교육 공장에 남을 거라고. 여기서 밀가루 반죽을 부풀릴 효모 역할을 해야지. 아직 말랑말랑한 나이의 소녀를 내게 주면 그애는 영원히 내 것이 될 거야. 나를 핍박하는 무리는 절대 성공할 리 없어."

"성공 못할 거예요." 모두가 대답했다. "당연히 못하죠."

교장은 무리를 구슬려 브로디 선생의 비밀을 알아내려는 계획을 여전히 포기하지 않았다. 뜻대로 되지 않아 화가 난 그녀는 때때로 그럴 수 있을 때면 정당한 행위로 가장해 무리에게 분을 풀기도 했는데 자주 있는 일은 아니었다.

"교육 방침을 근거로 날 해직시키지 못하면 사생활 문제를 걸고넘어질 거야." 어느 날 브로디 선생이 말했다. "불행한 일이지만, 가엾은 로더 선생과의 관계를 두고 내 의도를 왜곡하는 말들이 나왔던 게 사실이야. 너희도 알다시피, 난 로더 선생의 건강을 위해 상당한 힘을 쏟아부었지. 난 로더 선생을 아껴. 그러면 안 될 이유라도 있나? 서로 사랑해선 안 될 이유가 있느냔 말이지. 난 고든 로더 선생의 가장 가까운 친구이면서 속을 털어놓을 수 있는 말동무야. 사실 최근 내가 그에게 좀 소홀하긴 했지만 여전히 고든 로더 선생에게 나는 모든 것이라 할 수 있지. 내가 손가락 하나만 들면 그는 내 편이 되어줄 거야. 그 관계를 사람들은 왜곡해서……"

브로디 선생은 벌써 몇 달째 음악 선생을 등한시하고 있었고 소녀들도 더이상 크래먼드에서 토요일 오후를 보내지 않았다. 브로디 선생이 고든 로더와 더이상 잠자리를 하지 않는 건 대리자에 의해 성적 욕망이 충족되고 있기 때문이라고 샌디는 짐작했다. 로즈가 테디 로이드의 연인이 될 운명이었으니. "크래먼드에서 내가 한 봉사에 대해 굉장한 비방을 감수해야 했지." 브로디 선생이 말했다. "하지만 난 끄떡없어. 마음만 먹으면 내일이라도 당장 그와 결혼할 수 있다고."

그렇게 말한 다음날, 고든 로더와 과학 선생 록하트의 약혼이 〈스코츠맨〉에 발표되었다. 아무도 예상하지 못한 일이었다. 브로디 선생은 큰 충격을 받았고 배신감으로 한동안 고통받았다. 그러나 결국 포기한 테디 로이드가 진정한 연인이며, 로더는 잠깐 이용한 상대에 불과했다는 사실을 떠올린 것 같았다. 브로디 선생은 학교의 다른 선생님들과 함께 학기의 마지막 모임 때 부부에게 선사할 다기 세트를 구입하는 데 돈을 보탰다. 답례 인사를 하며 로더 선생은 소녀들을 '여기 숙녀분들'이라고 부르면서, 창문 밖 구름을 바라보는 브로디 선생을 이따금씩 수줍은 표정으로 훔쳐보았다. 몇 번은 강당 중간쯤에 있는 교장 선생 옆자리에서 그의 인사가 끝나기를, 그래서 교장 선생과 셋이 함께 연단에 서서 인사할 수 있기를 조용히 기다리는 예비 신부를 쳐다보기도 했다. 모두가 그랬듯이, 그 역시 록하트 선생을 신뢰했다. 그녀는 골프를 잘 치고 운전을 할 수 있을 뿐 아니라, 화약병으로 학교를 폭발시킬 수도 있었지만 꿈에도 그런 생각은 하지 않았다.

브로디 선생의 갈색 눈은 여전히 구름에 고정되어 있었고, 그때 그녀는 무척 아름답고 연약해 보였다. 샌디는 어쩌면 브로디 선생이 그 아름다움을 계속 유지할 수 없으리라는 걸 알았기에 테디 로이드 선생을 단념한 건지도 모르겠다고 생각했다. 그것은 나타났다 이내 사라지는 아름다움이었다.

다음 학기, 로더 선생이 에이그섬의 신혼여행에서 돌아왔을 때 브로디 선생은 샌디와 로즈, 두 사람의 통찰력과 본능을 위한 계획에 남은 정력을 쏟아붓고 있었다. 그러고도 남는 정력은 이제 정치적 문제에 바쳤다.

6장

매카이 교장은 브로디 무리를 들쑤시는 일을 결코 그만두지 않았다. 직접적으로 묻는 것이 효과가 없다는 걸 알고, 그녀는 브로디 선생의 사직을 강요할 증거가 될 만한 정보가 무심코 흘러나오기를 기대하며 은근슬쩍 그들을 심문했다. 학기에 한 번씩, 무리는 매카이 교장과 차를 마시는 자리에 초대받았다.

그러나 이제는 어떤 경우든 자신도 엮이지 않고서 브로디 선생에 대해 뭔가를 말하기가 거의 불가능했다. 브로디 선생과의 관계가 칠 년째에 접어든 지금, 그 관계는 그들의 뼛속까지 스며들어, 말하자면 자신의 뼈를 부러뜨리지 않고 관계를 깰 수 있는 방법은 없었던 것이다.

"여전히 브로디 선생을 만나니?" 매카이 교장이 반짝이는 미소를 지으며 물었다. 새 이를 해넣은 뒤였다.

"아, 네, 조금……"

"네, 그럼요, 가끔……"

샌디의 차례가 왔을 때 매카이 교장은 비밀스레 말했다—그녀는 상급반 소녀들을 동등하게 대했다, 물론 여전히 교복을 입는다는 사실은 결코 잊지 않으면서—"브로디 선생은 느릅나무 아래 앉아 초등부 학생들에게 흥미진진한 자기 인생 이야기를 들려주지. 브로디 선생이 처음 학교에 왔을 때가 기억나는구나. 활력이 넘치는 젊은 선생이었어, 하지만 지금은—" 교장은 한숨을 쉬고 고개를 저었다. 그녀는 보편적 격언들을 스코틀랜드 사투리로 더 지혜롭게 만들곤 했다. "치료할 수 없는 병은 참아야 한다고 하제. 하지만 브로디 선생의 정점은 지나가버렸다는 생각을 누를 수가 없어. 올해 선생님 반이 기말시험을 통과하기는 할지. 내가 브로디 선생을 비난한다고 생각하지는 마라. 술을 좋아한다고 알고 있는데, 일에 지장을 주지 않고 학생들에게 영향을 끼치지만 않는다면 뭐라 할 일은 아니지만 말이야."

"선생님은 술 안 드세요." 샌디가 대답했다. "생신날 저희까지 일곱 명이서 셰리 반병 마시는 게 전부예요."

매카이 교장이 머릿속으로 브로디 선생을 해고할 구실 가운데 술을 지우는 모습이 눈에 보이는 듯했다. "아, 내 말이 그 말이었어." 교장이 말했다.

이제 열일곱 살이 된 무리는 브로디 선생을 선생이라는 위치와 분리해 바라볼 수 있었다. 이 주제에 대해 이야기를 할 때면, 그들은 결국 그녀가 한 사람의 여자로서 정말 비범한 인물이라는 사실을 이의 없이 인정할 수밖에 없었다. 그녀의 눈은 반짝였고 코는 당당하니 높았으며, 여전히 새치 하나 없는 갈색 머리카락이 위엄 있게 구불거리며 목덜미까지 흘러내렸다. 이제 로더 부인이 되어 학교를 사직한 록하트 선생과 부부가 된 것에 대단히 만족하는 음악 선생은 브로디 선생을 만날 때마다 수줍은 선망과 추억을 담아 생강빛 속눈썹 밑으로 그녀를 훔쳐보곤 했다.

브로디 선생의 가장 열렬한 새로운 추종자 중 한 명은 조이스 에밀리 해먼드라는 전학생이었다. 아직 그 실체가 밝혀지지 않은 온갖 비행 탓에 스코틀랜드 경계 남북의 이런저런 비싼 학교들에서 두루 쫓겨난 끝에 마지막 희망으로 블레인 여학교에 보내진 그애는, 한두 번 로더 선생에게 작은 종잇조각을 뭉쳐 던져서 고작해야 로더 선생의 기분을 상하게 한 것을 빼면 별다른 짓을 하지 않았다. 자기를 조이스 에밀리라고만 불러달라고 고집하는 그애는 아침이면 운전수가 모는 커다랗고 검은 승용차를 타고 학교에 왔지만 오후에는 혼자 집으로 갔다. 마구간이 딸린 그애의 커다란 저택은 에든버러 교외에 있었다. 조이스 에밀리의 부모는 부자이긴 했지만 딸을 위해 또 한 벌의 교복을 맞추기 전에 유예기간을 좀 달라고 간청했다. 그래서 모두 짙은 보라색 옷을 입고 다니는 학교에서 조이스 에밀리만 여전히 짙은 녹색 교복을 입고 다녔다. 그애는 집 옷장에 걸려 있는 서로 색깔이 다른 다섯 벌의 옛날 교복과 그애를 거쳐간 가정교사 여럿이 남긴 기념품들, 조이스 에밀리가 직접 자른 한 뭉치의 가정교사 머리카락이며, 미치 양이라는 가정교사의 우체국 통장, 체임버스 양이라는 또다른 가정교사가 잠을 자는 동안 조이스 에밀리가 불을 붙이는 바람에 검게 타버린 베갯잇 같은 것들을 자랑스레 떠벌렸다.

다른 소녀들은 조이스 에밀리가 하는 말을 들어는 주었지만 대체로 그애의 존재를 무시했는데, 녹색 양말에 녹색 치마 차림이고 운전수가 딸린 번쩍이는 승용차를 타고 다녀서라기보다, 시험 준비며 반 대항 경기 등으로 이미 학교생활이 차고 넘치게 바빴기 때문이다. 그들의 개인주의를 간파한 조이스 에밀리는 다른 누구보다 브로디 무리에 속하고 싶어했다. 하지만 무리는 다른 누구보다 그애를 꺼렸다. 메리 맥그레거를 제외하면 그들은 사실상 학교에서 가장 영리한 소녀들에 속했고, 브로디 선생을 쫓아내려는 매카이 교장의 노력 역시 바로 그 사실 때문에 상당한 어려움을 겪고 있었다.

게다가 브로디 무리는 학교생활 이외의 관심사가 있었다. 유니스에게는 함께 수영과 다이빙을 하러 다니는 남자친구가 있었다. 모니카 더글러스와 메리 맥그레거는 음식을 챙겨 빈민가를 찾았는데, 전하는 말에 따르면 메리는 늘 "저 사람들, 그러면 케이크를 먹으면 되잖아?" 라고 묻곤 했다고 한다(그러나 실상은 비누가 너무 비싸다는 사람들의 불평을 듣고 나서 "음, 그럼 옷을 세탁소에 보내면 되지 않나?"라고 말했을 뿐이다). 이미 연극적 재능을 발휘하고 있던 제니는 언제나 학교 연극반 공연을 준비하느라 바빴다. 로즈는 테디 로이드 선생을 위해 모델을 섰고, 샌디도 이따금 로즈와 함께 미술 선생 집을 방문해 상황을 주의깊게 관찰하며 미술 선생이 다시 자기에게 키스하게 만들 수 있을까 하는 공상으로 시간을 보냈다. 단지 자신의 작은 눈으로 반항하듯 그를 바라보는 것만으로 키스를 하게 만드는 게 가능한지 확인하기 위해서 말이다. 이런 활동 말고도 무리는 방과후에 두셋 또는 모두 함께 브로디 선생을 만나곤 했다. 로즈와 미술 선생 사이에 곧 시작될 위대한 연애를 위해 브로디 선생이 특별히 로즈를 교육시키고 샌디에게 정보를 캐물으며 질문에 대답을 구하던 것도 바로 1937년 이 무렵의 일이었다.

그래서 그들은 이름만으로도 문제아가 되기에 충분한, 그애 부모가 손을 써서 학교에 쑤셔넣은 이 비행 소녀에게 관심을 가질 시간이 없었다. 그러나 브로디 선생은 그애를 챙길 시간을 찾아냈다. 무리는 다소 반발했지만 자기들이 그애의 친구가 될 필요는 없다는 사실을 알고는 마음을 놓았고, 브로디 선생은 혼자 그애를 초대해 차를 내주기도 하고 극장에 데려가기도 했다.

조이스 에밀리의 자랑거리 중 하나는 옥스퍼드 대학교에 다니는 오빠가 스페인 내전에 참전했다는 사실이었다. 이 음침한, 어떻게 보면 좀 제정신이 아닌 것도 같은 애는 자기도 전쟁에 나가 흰 블라우스에 검은 치마를 입고 총을 메고서 행군하고 싶어했다. 아무도 이 생각을 진지하게 받아들이지 않았다. 스페인 내전은 신문의 외신란 혹은 학교 토론 모임에서 한 달에 한 번 거론되는 딴 세상 이야기일 뿐이었다. 굳이 뭔가 선택해야 한다면, 조이스 에밀리를 포함한 모두가 프랑코 정권에 반대하는 쪽이었지만.

어느 날 문득 학생들은 조이스 에밀리가 며칠이나 학교에 오지 않았으며 다른 누군가가 그애의 책상을 사용하고 있다는 사실을 알아차렸다. 육 주 뒤, 그애가 스페인으로 도망을 쳤고 타고 있던 열차가 불시에 공격을 받아 죽었다는 소식을 들을 때까지 아무도 조이스 에밀리가 왜 학교를 떠났는지 알지 못했다. 학교는 그애의 죽음을 추모하기 위해 약식 예배를 치렀다.

메리는 속기사가 되기 위해 학교를 떠났고 제니는 연극학교로 갔다. 졸업하는 해에는 무리 가운데 오직 넷만이 학교에 남아 있었다. 사실 학교를 다닌다고 할 수도 없었던 것이, 6학년은 자유 시간을 얼마든지 쓸 수 있었고 학교 건물 밖에서 하는 강연과 도서관 자료 조사도 많았기 때문에, 학교에는 그냥 들르는 수준이었다. 모두 그들을 선배로 대접하며 조언을 구하려 했으므로, 그들은 마음만 먹으면 학교를 직접 운영할 수도 있을 것 같은 기분을 느꼈다.

일 년 뒤 마음을 바꿔 간호사가 되었지만 유니스는 현대어를 공부했다. 모니카는 과학을, 샌디는 심리학을 전공할 운명이었다. 로즈는 아직 마음을 정하지 못했는데 그럴듯한 이유가 있어서는 아니었고, 결국 미술학교에 진학하거나 최악의 경우 화가 혹은 의상 디자이너의 모델이 된다 하더라도, 할 수 있는 한 교육을 효율적으로 활용할 방법을 찾아야 한다는 게 그녀 아버지의 의견이었기 때문이다. 아버지는 로즈의 인생에서 큰 역할을 맡고 있었다. 로즈가 여성적으로 아름다운 만큼 남성적으로 잘생긴데다 대단히 체격이 좋은 홀아비였던 로즈의 아버지는 스스로를 자랑스럽게 구두 수선공이라고 소개하곤 했는데, 사실 당시 그는 여러 종류의 신발을 만드는 양화점을 운영하고 있었다. 몇 년 전 브로디 선생을 만난 그는 예상과 달리, 그녀를 이상한 여자라고 생각하는 대신 뭇 남성들과 마찬가지로 즉시 남성으로서 진지한 관심을 보였다. 그러나 그는 어떤 점에서도 브로디 선생이 교양인이라고 부르는 부류의 남성이 아니었기 때문에, 그녀가 스탠리 씨에게 관심을 가질 리는 만무했다. 브로디 선생은 그가 동물적이라고 생각했다. 하지만 우리는 언제나 모종의 죄의식을 느끼며 로즈의 아빠를 좋아했다. 그리고 의심의 여지 없이 본능적인 로즈는, 본능을 따라 명랑하고 현실적이며 동물적인 아버지의 뜻대로 학교를 졸업한 후 곧 좋은 자리로 시집을 갔다. 로즈는 개가 털에서 연못물을 털어내듯 브로디 선생의 영향력을 털어버렸다.

브로디 선생은 로즈의 그런 미래를 예상하지 못했다. 그사이 로즈는 섹스로 유명해지는 동시에 남학교의 6학년 학생들과 대학 신입생들의 우상이 되는 운명을 피할 수 없었다. 브로디 선생은 샌디에게 말했다. "네 얘기를 들어보니 로즈와 테디 로이드가 틀림없이 곧 연인이 될 거라는 생각이 드는구나." 갑자기 샌디는 이 모든 것이 단순한 이론이나 일종의 브로디 놀이가 아니라는 사실을 깨달았다. 전쟁의 전망이나 하늘에 비둘기라도 풀어놓듯 사람들이 늘어놓는 온갖 비현실적 이야기들과 전략들, 누군가가 '물론, 그렇지, 당연한 일이야'라고 덧붙이기도 하는, 삶의 상당 부분을 채우는 그런 공상이 아니었던 것이다. 브로디 선생은 진심으로 믿고 있었다. 샌디는 브로디 선생을 보았고, 그녀가 로즈가 자신이 사랑하는 남자와 자야 한다는 생각에 완전히 사로잡혀 있다는 것을 눈치챘다. 그 생각 자체에 새로운 것은 없었다. 새로운 건, 그게 진짜라는 점이었다. 샌디는 팔 년 전 느릅나무 아래 앉아 소박한 첫사랑 이야기를 들려주던 브로디 선생을 떠올렸고, 지난 몇 년간 이야기가 이렇게 복잡해진 것이 과연 어디까지 브로디 선생 탓이고 어디까지 브로디 선생에 대한 자신의 인식이 바뀐 탓인지 생각해보았다.

지난 한 해, 샌디는 꾸준히 로이드 가족을 만났다. 디어드리 로이드와 함께 쇼핑을 가 디어드리의 옷처럼 결이 거친 셔츠를 사기도 했다. 로이드 가족의 대화를 들으며, 당시 심리학 관련 서적을 읽은 젊은이들이 그런 책을 읽지 않은 나이든 사람의 말을 들을 때면 흔히 하던 식으로 여러 상징과 신호를 통해 각각의 영혼을 가늠해보기도 했다. 때때로 로즈가 나체로 포즈를 취하라는 요구를 받을 때면 작업실에서 화가와 모델 옆에 앉아, 로즈를 닮았지만 그보다 브로디 선생을 더 닮은, 캔버스 위에 익명의 나체로 재현되는 살들의 기이한 변형을 조용히 지켜보곤 했다. 샌디는 브로디 선생을 우습다고 생각하기는커녕 그녀에게 그렇게 집착하는 화가의 심리에 깊은 관심을 느꼈다.

"네 얘기를 들어보니 로즈와 테디 로이드가 틀림없이 곧 연인이 될 거라는 생각이 드는구나." 샌디는 브로디 선생이 진심이라는 사실을 깨달았다. 샌디는 브로디 선생에게 미술 선생의 초상화들이 기이하게도 모두 브로디 선생을 닮았다고 말해주었다. 브로디 선생은 그 말을 들으면 너무도 좋아했기 때문에 몇 번이나 반복해서 이야기해주었다. 샌디는 또 테디 로이드가 교사를 그만두고 전시회를 준비하고 싶어한다고, 미술비평가들은 그에게 전업 화가가 되라고 부추기지만 부양가족이 많아 망설이고 있다는 소식 역시 전해주었다.

"난 그의 뮤즈야." 브로디 선생이 말했다. "하지만 내 전성기를 내가 가르치는 소녀들에게 바치기 위해 그의 사랑을 거절해야 했지. 내가 그의 뮤즈지만, 로즈가 내 역할을 대신하게 될 거야."

자신을 신이라고 생각하는군, 브로디 선생은 자신을 칼뱅의 하느님으로, 처음과 끝을 아는 전지전능한 존재로 여기고 있어, 샌디는 생각했다. 또 스스로는 깨닫지 못하고 있지만 선생은 레즈비언이라고도 생각했다. 그 외에도 샌디는 심리학 서적에서 읽은 여러 이론에 따라 브로디 선생을 분류했지만, 팔이 하나뿐인 테디 로이드의 캔버스에서 그녀의 이미지를 지우는 데는 실패했다.

샌디가 수녀가 되고 난 뒤 브로디 무리는 머잖아 한 명씩 그녀를 방문했는데, 그게 도리이기도 했고, 샌디가 심리학 책을 쓰기도 했으며, 누구나 수녀를 방문하는 것을 좋아하기 때문이기도 했다. 수녀를 만나고 나면, 특히 수녀가 면회소 창살을 움켜쥐는 경우라면 더욱더, 영적 자극을 받고 카타르시스를 느끼며 집으로 돌아갈 수 있었으니까. 통조림에서 머천트뱅크*까지 여러 분야를 섭렵한 성공적인 사업가와 결혼한 지 이제는 꽤 된 로즈도 샌디를 찾아갔다. 그들은 브로디 선생 이야기를 시작했다.

"브로디 선생이 헌신에 대한 이야기를 많이 하긴 했지만," 로즈가 말했다. "이런 식의 헌신을 이야기한 건 아닐 텐데. 어쨌든 브로디 선생도 나름대로 자기 학생들에게 헌신했다고 생각하지 않아?"

"물론 그랬다고 생각해." 샌디가 대답했다.

"왜 쫓겨난 걸까?" 로즈가 물었다. "남자 문제일까?"

"아니, 정치적인 문제였어."

"정치에 관심이 있는 줄은 몰랐는데."

"주된 관심사는 아니었지." 샌디가 대답했다. "그래도 그게 이유였어."

모니카 더글러스는 인생의 위기에 봉착해 샌디를 보러 왔다. 과학자

* 19세기 영국에서 발달한 국제 금융업. 수출업자가 발행한 어음을 인수하고 판매하는 방식으로 수익을 냈다.

와 결혼했는데, 몇 번 화를 내며 폭발했다가 한 번은 남편의 여동생에게 불이 붙은 석탄 덩어리를 집어던졌다. 그러자 과학자 남편은 두말없이 당장 이혼해줄 것을 요구했다.

"그런 종류의 문제에는 별로 해줄 말이 없구나." 샌디가 말했다. 하지만 모니카도 샌디가 대단히 도움이 되리라고 생각한 건 아니었는데, 샌디는 그녀의 오랜 친구였고, 오랫동안 알고 지낸 사람은 결코 크게 도움이 될 수 없기 때문이다. 그래서 그들은 브로디 선생 이야기를 시작했다.

"그래서 결국 로즈랑 테디 로이드랑 자게 만들었어?" 모니카가 물었다.

"아니." 샌디가 대답했다.

"브로디 선생이 테디 로이드를 사랑했던 거지?"

"응." 샌디가 대답했다. "그리고 테디 로이드도 브로디 선생을 사랑했고."

"그럼 그거 진짜 나름의 금욕이었네." 모니카가 덧붙였다.

"응, 그랬지." 샌디가 대답했다. "어쨌든 전성기에 있는 여자였는데."

"넌 브로디 선생이 금욕 이야기를 하는 건 웃기는 일이라고 생각했잖아." 모니카가 말했다.

"너도 그랬지." 샌디가 대답했다.

1938년 여름, 브로디 무리의 마지막 학생까지 학교를 떠난 뒤, 브로디 선생은 독일과 오스트리아로 여행을 떠났고, 그동안 샌디는 심리학 책을 읽고 초상화 모델을 하러 로이드 선생 집에 가곤 했다. 가끔씩 로즈가 와서 곁에 있어주었다.

디어드리 로이드가 아이들을 데리고 시골로 휴가를 떠난 동안 미술 학교 여름 학기 수업을 맡은 테디는 혼자 에든버러에 남아 있었다. 샌디는 일주일에 두 번씩 초상화 모델을 섰고, 로즈는 올 때도 있고 오지 않을 때도 있었다.

둘만 있던 어느 날, 샌디는 테디 로이드에게 그의 모든 초상화, 심지어 그의 막내아이 초상화까지 이제 브로디 선생을 닮아가고 있다고 말하면서, 예의 그 반항적인 시선으로 협박하듯 그를 보았다. 그는 삼 년 전 샌디가 열다섯 살이었을 때 그랬던 것처럼 그녀에게 키스했고, 그 여름의 가장 달콤한 다섯 주 동안 그들은 그 빈집에서 정사를 나누었다. 가끔 그들을 방문한 로즈의 초인종 소리에만 응답하고 다른 때는 초인종이 요란하게 울려대도록 내버려둔 채로.

그동안 테디 로이드는 계속해서 그림을 조금씩 그렸다. 샌디가 말했다. "여전히 나를 진 브로디처럼 그리고 있잖아요." 그래서 그는 새로운 캔버스에 다시 그림을 그리기 시작했지만 상황은 달라지지 않았다.

샌디가 말했다. "왜 그 여자한테 그렇게 집착해요? 이상한 여자라는 걸 모르겠어요?"

그는 안다고, 진 브로디가 이상하다는 걸 안다고 대답했다. 또 자기를 정신분석의 대상으로 생각하지 말라고, 그건 열여덟 살 소녀에게 어울리지 않는 일이라고도 말했다.

9월 초, 브로디 선생이 샌디에게 전화를 걸어 자기를 좀 보러 오라고 했다. 그녀는 이제 눈부시게 재건된 오스트리아와 독일에서 막 돌아온 참이었다. 전쟁이 끝난 뒤 함께 브레이드힐스 호텔에 앉아 있을 때 브로디 선생은 샌디에게 "히틀러가 몹쓸 짓을 하긴 했어"라고 인정했지만, 막 마치고 돌아온 여행의 흥분으로 가득차 있던 당시의 브로디 선생은 새로운 체제가 세상을 구원할 것이라 굳게 믿고 있었다. 샌디는 지루했고 세상이 꼭 구원되어야 하는지도 알 수 없었으며 단지 거리의 가난뱅이들, 에든버러 슬럼 지구의 사람들만이 구원받아야 한다고 생각했다. 브로디 선생은 전쟁은 없을 거라고 말했다. 사실 샌디는 전쟁이 일어나리라 생각해본 적도 없었다. 마침내 브로디 선생이 본론으로 들어갔다. "로즈 말로는 네가 그의 연인이 되었다던데."

"네, 누구인 게 문제가 되나요?"

"대체 그 사람 어디가 마음에 든 거지?" 브로디 선생은 마치 샌디가 잉글랜드 공작에게 마멀레이드 1파운드를 내어주기라도 한 것처럼 굴며 대단히 스코틀랜드스러운 말투로 물었다.

"흥미로운 사람이에요." 샌디가 대답했다.

"흥미롭다니, 맙소사," 브로디 선생이 대답했다. "지성과 통찰력을 갖춘 네가. 그는 가톨릭이야. 어떻게 자유로운 사유를 하지 못하는 남자를 상대할 수 있는지 모르겠구나. 로즈야 괜찮지. 그앤 본능은 있지만 통찰력이 없으니까."

테디 로이드는 계속해서 캔버스 위에 진 브로디를 그리고 있었다. "선생님은 본능이 있지만," 샌디는 그에게 말했다. "통찰력은 없네요. 통찰력이 있다면 그 여자를 그렇게 진지하게 생각하지 않을 텐데 말이에요."

"진지하게 생각할 여자가 아니라는 거 알아." 테디 로이드가 대답했다. "넌 나이에 비해 너무 분석적이고 예민해."

가족들이 돌아왔고, 둘의 만남은 위험하고도 짜릿해졌다. 테디 로이드가 여전히 진 브로디를 사랑한다는 사실을 확신할수록 샌디는 그 여자를 사랑하는 그의 심리에 더더욱 깊은 호기심을 느꼈다. 그해가 끝날 무렵, 샌디는 로이드 선생 자체에는 흥미를 잃었지만 그의 심리에 깊이 빠져들었고, 마치 껍질 속에서 알맹이를 빼내듯 다른 여러 가지 중에서도 그의 신앙을 핵심적인 것으로 추출했다. 보이는 것들과 보이지 않는 것들로 가득한 밤하늘처럼, 샌디의 마음은 그의 종교에 대한 생각으로 가득했다. 샌디는 그를 떠나 그의 신앙을 선택했고, 이윽고 종교에 입문했다.

그해 가을, 여전히 캔버스에 연이어 브로디 선생을 그려대는 그의 마음을 탐구하던 동안, 샌디는 여러 번 브로디 선생을 만났다. 브로디 선생은 처음엔 샌디와 미술 선생의 관계를 마지못해 인정했지만 곧 그 일을 대단히 기뻐하게 됐고, 다시 얼마 지나지 않아 처음에 듣지 못한 일들을 자세히 묻기 시작했다.

"그가 그리는 초상화들이 여전히 나를 닮았니?" 브로디 선생이 물었다.

"네, 무척요." 샌디가 대답했다.

"그렇다면 다 잘돼가고 있는 거야." 브로디 선생이 대답했다. "그리고 어쨌든, 샌디," 그녀가 말을 이었다. "내가 깨닫지 못하고 있었지만, 넌 위대한 연인이 될 운명을 타고났어. 현실은 허구보다 기이한 법이지. 난 로즈가 그의 연인이 되길 바랐지만. 사실 가끔은 아직 어린 조이스 에밀리에게 스페인에 가서 프랑코를 위해 싸우라고 부추긴 걸 후회해. 그애는 프랑코를 위해 훌륭히 일을 해냈을 텐데, 본능을 지닌 소녀란—"

"그애가 프랑코를 위해 싸우러 갔다고요?" 샌디가 물었다.

"계획은 그랬지. 내가 그애를 설득했거든. 하지만 싸워볼 기회조차 갖지 못했어, 딱한 것."

그해 가을, 샌디가 예정대로 매카이 교장을 만나러 갔을 때, 교장은 이 비정상적으로 눈이 작은, 다소 다루기 어려운 졸업생에게 말했다. "네가 브로디 선생이 어떤 사람인지 알았으면 한다. 오랜 친구들을 잊은 건 아니면 좋겠구나."

"한두 번 브로디 선생님을 만났어요." 샌디가 대답했다.

"어린 너희 머리에 이상한 생각을 주입한 건 아닌지 걱정이야." 이제 학교를 떠났으니 브로디 선생의 부정에 대해 솔직히 얘기해도 된다는 뜻을 담아 교장이 의미심장하게 윙크를 했다.

"네, 굉장히 많은 사상을 주입했죠."

"대체 무슨 사상을 주입한 건지, 나도 좀 알면 좋겠구나." 진심으로 놀라고 걱정스러운 듯 어깨를 푹 떨구며 매카이 교장이 말했다. "아직도 진행중이니까 말이야, 매해 맡는 반마다 그렇거든, 이번에도 새로운 무리를 만들었는데, 그애들은 학교의 다른 학생들하고 전혀 어울리지 않아. 브로디 무리 말이야, 조숙해. 무슨 말인지 알지?"

"알아요." 샌디가 대답했다. "하지만 품행 문제를 걸고넘어질 수는 없으실 거예요. 정치적인 면은 생각해보셨나요?"

매카이 교장이 의자를 돌려 샌디를 거의 정면으로 마주보았다. 이제부터는 거래였다.

"샌디," 그녀가 말했다. "그게 무슨 말이지? 브로디 선생이 정치에 관심이 있는 줄은 몰랐는데."

"대단한 관심은 없어요." 샌디가 대답했다. "부수적인 관심이죠. 브로디 선생님은 타고난 파시스트예요. 그 점을 생각해보셨나요?"

"브로디 선생 반 학생들에게 물어보고 반응을 좀 봐야겠다. 그게 네 제안이라면 말이다, 샌디. 네가 세계정세에 대해 그렇게 진지하게 생각하고 있는 줄은 몰랐다만, 샌디, 진심으로 반가워서 하는 말인데—"

"저는 세계정세에 별 관심 없어요." 샌디가 대답했다. "그저 브로디 선생님의 해직에 관심이 있을 뿐이죠."

교장이 샌디를 다소 불편하게 여긴 것은 분명했다. 그러나 때가 왔을 때 교장은 브로디 선생에게 이렇게 말하는 것을 잊지 않았다. "이렇게 하라고 알려준 건 선생 무리 중 한 명이었어요, 브로디 선생."

그해가 끝날 무렵 샌디는 에든버러를 떠났고, 로이드 가족에게 작별인사를 하러 가서 브로디 선생을 지우는 데 실패했던 그의 그림들을 둘러보았다. 그녀는 테디 로이드의 방식이 지닌 경제성에 찬사를 보냈다. 그는 샌디의 방식에 대해 그 경제성을 치하했고, 디어드리는 그 말을 이해하지 못해 남편을 바라보았다. 만약 내가 브로디 선생을 쫓아냈다는 걸 알게 되면 나를 더 경제적이라고 평가하지 않을까, 샌디는 생각해보았다. 그녀는 이제 존 녹스보다 기독교 도덕에 더 분개하고 있었다.

1939년 여름 학기가 끝날 무렵 브로디 선생은 학생들에게 파시즘을 주입했다는 이유로 해직되었다. 그 소식을 들은 샌디는 벽에 걸려 있던, 검은 제복을 입고 행군하는 파시스트 부대의 사진을 떠올렸다. 그즈음 가톨릭에 입문한 샌디는 그곳 지도자들 사이에서 브로디 선생보다 훨씬 재미없고 기분 나쁜 파시스트를 다수 발견했다.

"물론," 샌디에게 사직 소식을 전하며 브로디 선생은 편지에 이렇게 적었다. "정치는 구실일 뿐이야. 그들은 여러 번 사생활 문제로 날 해직하려 했지만 실패했지. 내 학생들은 이런 문제에 언제나 말을 아꼈으니까. 그들이 반대한 건 전성기에 완성된 내 교육철학이었어. 너도 알겠지만 난 학생들에게 헌신했지. 하지만 그들은 정치적 이유를 구실로 날 공격했어. 내가 제일 놀라고 마음 아픈 건, 매카이 교장 말을 믿을 수 있다면 말이지만, 날 배신해서 조사를 시작하게 만든 게 내 무리 중 한 명이라는 사실이야.

너도 놀랐겠지. 너에게는 다 말할 수 있어, 유일하게 의심의 대상이 되지 않은 게 너니까. 넌 날 배신할 이유가 없잖니. 처음엔 메리 맥그레거를 생각했어. 그 아둔한 머리로 나에 대한 원망을 키웠을지 모르지—그애는 정말 구제할 길이 없는 어린 여자애였어. 로즈도 생각했지. L 선생이 제일 우선하는 사람이 나라는 게 분했을지도 모르니까. 유니스—유니스가 그랬다고는 생각하기 어렵지만, 내가 그애의 진부한 생각들을 냉정하게 평가했던 적이 여러 번 있었던 건 사실이지. 너도 기억하겠지만, 그애는 걸가이드가 되고 싶어했잖니. 팀 정신에 매력을 느꼈고—그애가 남몰래 원망을 키운 걸까? 그다음엔 제니. 이제 너도 제니가 어떻게 달라졌는지 알겠지만, 배우가 되고 싶어하면서부터 원래의 제니가 아니었어. 진부한 애가 되고 말았지. 너는 그애가 시빌 손다이크는커녕 결코 페이 콤프턴 같은 배우도 될 수 없을 거라는 내 말에 분을 키웠을 거라고 생각하니? 마지막으로 모니카. 난 반쯤 모니카를 의심하고 있어. 수학적인 두뇌엔 영혼이 거의 없는 법이고, 또 어쩌면 그애가 자신은 결코 이해할 수 없는 아름다움과 진실과 선에 대한 분노로 등을 돌리고 나를 배신했을지 몰라.

샌디, 알다시피 넌 의심의 대상이 아니야. 너는 나를 배신할 이유가 전혀 없지. 넌 내가 가장 신뢰하고 이야기를 털어놓은, 그리고 내가 사랑한 남자를 가졌던 학생이니까. 할 수 있다면 대체 누가 그런 짓을 했을지 한번 생각해보렴. 대체 무리의 누가 날 배신했는지 알아야겠어……"

샌디는 마치 알쏭달쏭한 교황의 설교처럼 답장을 보냈다. "선생님이 저희를 배신하지 않았다면 저희에게 배신을 당하는 건 불가능한 일이에요. 그 단어를 적용할 수는 없……"

메리 맥그레거가 호텔 화재 속에서 이리저리 뛰어다니다 결국 화염에 휩싸여 죽었을 때 샌디는 다시 브로디 선생의 편지를 받았다. "만약 나를 배신한 것에 대해 가엾은 그애가 벌을 받은 거라면, 내 분명히 말하지만, 이건 절대 내가 바란 일이 아니야……"

"내 생각엔," 제니가 편지를 썼다. "브로디 선생의 전성기는 이제 끝난 것 같아. 계속 누가 자기를 배신했는지 알고 싶어하거든. 전혀 예전의 브로디 선생이 아니야. 전에는 언제나 투지로 가득차 있었잖아."

브로디 선생이 죽은 뒤, 그녀의 이름과 그녀에 대한 기억은 사람들 입에 오르내리다가 겨울이 되자 여름철 제비처럼 사라져버렸다. 수녀원이 대단히 외진 시골에 있었기 때문에 브로디 무리가 샌디를 만나러 오는 건 언제나 여름철이었다.

이제 구세주 변모 수녀원의 헬레나 수녀로 불리는 샌디를 보러 왔을 때 제니는 로마에서 만난 남자에게 갑자기 사랑을 느꼈던 일, 하지만 할 수 있는 건 아무것도 없었던 일에 대해 이야기했다. "브로디 선생이 관심을 가질 법한 얘기지." 제니가 말했다. "죄인이었으니까."

"아, 그만하면 나름으로 순결을 지킨 셈이야." 샌디가 면회소 창살을 움켜쥐며 대답했다.

샌디를 방문했을 때 유니스가 말했다. "작년에 에든버러 페스티벌에 갔어. 브로디 선생 무덤에 가서 꽃을 두고 왔지. 남편한테 브로디 선생 이야기를 다 해줬어. 느릅나무 밑에 앉아 들은 이야기며 다른 것도 전부. 남편이 되게 재미있는 사람이라고 하더라."

"생각해보면 정말 그렇지."

"맞아, 그래." 유니스가 대답했다. "전성기에 있을 때는 그랬지."

모니카가 다시 샌디를 찾아왔다. "죽기 전에," 모니카가 말했다. "브로디 선생은 자길 배신한 게 너라고 생각했어."

"배신이란 충성의 의무가 있을 때만 가능한 법이지." 샌디가 말했다.

"음, 브로디 선생에 대해 그런 의무가 없었던가?"

"어떤 선까지만 있었지." 샌디가 대답했다.

그리고 어느 날 심리학에 대한 샌디의 독특한 저서 『일상적인 것의 변용』에 대해 물으러 그 젊은이가 찾아왔다. 그 책 때문에 너무 많은 방문객이 찾아와 샌디는 그 어느 때보다 더 필사적으로 면회소 창살을 부여잡아야만 했다.

"헬레나 수녀님, 학창시절 수녀님께 가장 큰 영향을 준 것은 무엇이었나요? 문학작품이었나요, 아님 개인적인 것? 혹시 칼뱅주의였나요?"

샌디가 대답했다. "전성기에 있던 진 브로디 선생이었죠."

성장과 완성, 전성기에 대한 서사

『진 브로디 선생의 전성기』는 스코틀랜드 작가 뮤리얼 스파크의 대표작이다. 1957년 첫 장편 『위로하는 사람들』의 출간부터 2004년 마지막 소설 『교양학교』의 출간까지 스파크는 스무 편 이상의 소설을 쉴 틈 없이 발표한 다작 작가이다. 소설 이외의 시, 희곡, 비평 및 전기까지 포함하면 저작의 수는 훨씬 더 늘어난다. 많은 발표작 전반에 걸쳐 스파크가 누린 비평적 관심은 상당한 것이었지만 『진 브로디 선생의 전성기』는 비평적 관심뿐만 아니라 대중적 인기의 차원에서도 큰 성공을 거둔 예외적 작품이다. 1961년 출간 후, 1966년부터 69년까지 런던 웨스트엔드와 뉴욕 브로드웨이 무대에서 상연되었고 1969년에는 영화로, 1978년에는 텔레비전 시리즈로 제작되면서 브로디 선생이라는 인물은 에로티시즘과 파시즘이 기이하게 결합된 30년대 독신 여교사를 상징하는 일종의 문화적 아이콘으로 자리잡았다.

소설의 성공이 무엇보다 브로디 선생이라는 독창적이고 강력한 인물에서 기인한 것은 분명한 사실이다. 그러나 『진 브로디 선생의 전성기』는 브로디 선생의 전성기뿐만 아니라 브로디 무리 소녀들의 성장과 파시즘, 도덕과 소설 창작에 대한 이야기이기도 하다. 브로디 선생이 1차 대전에서 전사한 옛 연인 휴와의 사랑 이야기에 현재 진행중인 로이드 선생 및 로더 선생과의 로맨스를 덧입히는 것처럼, 또 화가 로이드 선생이 브로디 무리의 초상화를 그리며 그 위에 브로디 선생의 얼굴을 덧입히는 것처럼, 스파크는 전성기를 맞은 브로디 선생의 연대기 위로 소녀들의 성장과 파시즘, 도덕과 창작에 대한 이야기를 겹겹이 덧입힌다. 샌디가 브로디 선생의, 또 로이드 선생의 경제적이고 압축적인 창작 방식에 매료되는 것처럼, 독자들 역시 이 겹겹의 이야기를 놓치지 않고 읽어낸다면 이백 페이지도 채 되지 않는 짧은 소설에서 이처럼 많은 메시지를 전달하는 스파크의 방식에 매료될 것이다.

브로디 선생의 중심 서사 위로 겹겹의 이야기 층을 만드는 데 가장 큰 역할을 하는 것은 샌디의 시선이다. 잉글랜드 출신 어머니를 가진, 비밀스레 이야기를 창작하고, 늘 머리에 몽상이 가득한 샌디는 다분히 스파크 자신의 유년 시절을 반영하는 인물이다. 소설의 배경이 된 마샤 블레인 여학교 역시 스파크가 십이 년에 걸쳐 초, 중, 고등학교 과정을 마친 에든버러의 제임스 길레스피스 여학교를 모델로 삼고 있으며 브로디 선생 또한 초등부에서 이 년간 스파크의 담임을 맡은 실제

인물 크리스티나 케이 선생에 기초하고 있다. 1992년 출간된 스파크의 자서전 『이력서』를 보면, 학생들을 데리고 파블로바의 무용을 관람하러 간다든지 교실 벽에 이탈리아 르네상스 시기 회화나 무솔리니 부대의 행진 사진을 붙여놓는 것 같은, 브로디 선생 관련 묘사 중 상당 부분이 스파크가 케이 선생과 보낸 이 년간의 실제 경험에 기초한 것임을 알 수 있다.

그러나 스파크 자신의 전기적 경험을 일부 반영한다는 사실보다는 샌디가 소설 속에서 맡은 역할이 성장과 파시즘, 도덕과 창작에 대한 스파크의 철학을 반영한다는 사실이 더 중요하다. 브로디 선생을 배신할 때 샌디가 매카이 교장에게 말하듯이 브로디 선생은 "타고난 파시스트"이다. 우선 브로디 선생은 무솔리니와 히틀러의 파시스트 부대를 동경하고, 심지어 프랑코 정권에 봉사하라며 학생 중 한 명인 조이스 에밀리를 설득해 스페인에 보내기까지 하는 실제적 파시스트 정권의 지지자다. 더하여 브로디 선생은, 역시 샌디가 묘사하듯, 스스로를 신으로, 칼뱅의 하느님처럼 "처음과 끝을 아는 전지전능한 존재"로 여기는 반성 없는 존재라는 점에서 더 넓은 의미의 파시스트이다. 브로디 선생은 걸가이드나 말없고 아둔한 학생 메리 맥그레거처럼 자기 기준에 비추어 열등하다고 생각하는 대상들을 경멸하고 배척하며, 무리의 학생들에게 자신의 기준을 따르도록 강요한다. 반성도 자의식도 없는 브로디 선생의 자기확신은 바로 그런 파시스트적인 특징 때문에 카리스마와 설득력을 갖게 되며 무리의 소녀들은 자신들이 선택받은 "크림 중의 크림"이라는 브로디 선생의 확신에 동화된다. 그래서 무리 중 가장 비판적인 시선으로 선생을 바라보며, 브로디 선생과 무리로부터 메리가 당하는 취급에 막연히 부당함을 느끼는 샌디 역시 브로디 선생이 조성한 무리의 동일성을 지키기 위해 "같은 일을 여러 번 반복하면 결국 옳은 일이 될 거라고 생각"하며 메리를 괴롭히고 또 괴롭힌다.

브로디 선생의 파시스트적인 자기확신, 동일성과 동화의 서사에 겹겹의 균열과 층을 만드는 샌디의 시선은 그래서 단순히 비판적이라기보다는 동일시와 거리두기를 오가는 반복 운동을 거듭한다. 샌디 역시 무리의 다른 소녀들처럼 자신이 선택된 브로디 무리라는 사실에 긍지와 안도감을 느끼고 소속을 열망한다. 그러나 브로디 선생이 몹시도 무리에 끼고 싶어하는 전학생 조이스 에밀리에게 냉담하게 인사를 한 뒤 무리를 데리고 자리를 떠나려 할 때 "고개를 돌려 조이스 에밀리가 나이에 어울리지 않게 휘청거리는 가느다란 다리로 반대 방향을 향해 처음엔 걷다가 이내 뛰기 시작하는 것"을 지켜보는 것은 샌디뿐이다. 브로디 선생의 계획과는 달리, 로이드 선생에 대한 브로디 선생의 억눌린 성적 욕망을 실현하는 것은 섹스로 유명한 로즈가 아니라 통찰력이 있는 샌디이다. 그러나 브로디 선생을 대리해 그녀의 성적 욕망을 해소하는 역할을 하면서도 샌디는 무리의 소녀들 얼굴을 모두 브로디 선생으로 그려내는 로이드 선생의 방식에 거칠게 항의한다. 그리고 그 초상화에서 브로디 선생의 얼굴을 지우고 자신과 무리의 개별성을 회복하는 것에 실패했을 때 로이드 선생과의 관계를 정리한다.

동일시와 거리두기를 반복하는 과정을 통해, 샌디는 궁극적으로 성장과 완성, 혹은 전성기에 대한 브로디 선생의 서사를 성장에 대한 자신의 이야기로 겹쳐쓴다. 샌디가 동경과 비판이라는 양가감정 없이 브로디 선생에게 동일시하는 순간, 선생이 아름답다고 생각하거나 연민을 느끼는 순간은 사실 브로디 선생의 자기확신이 깨진 순간들이다. 로이드 선생에 대한 성적 욕망을 해소하기 위한 도구로 사용했고, 자신이 마음만 먹으면 내일이라도 당장 결혼할 수 있다고 장담했던 로더 선생이 정작 중등부의 과학 선생과 결혼하던 날, 창밖의 구름에 시선을 고정하고 있는 브로디 선생에게서 샌디는 연약한 아름다움을 발견한다. 로즈가 결국 로이드 선생에 대한 자신의 성적 욕망을 실현할 뮤즈로 성장할 것이라는 브로디 선생의 생각이 근거 없는 착각이라는 사실을 깨달았을 때도, 샌디는 바로 그 어리석음에 대한 연민 때문에 선생에게서 연약한 아름다움을 발견한다. 자신이 믿던 학생에게 배신당하고 학교에서 해직당한 브로디 선생은 스스로 "내 전성기는 끝났어"라고 선언하지만, 샌디는 그 순간의 선생이야말로 "내적 성장"을 겪고 있다고 생각한다. 자신의 전성기에 대한 확신 그리고 전성기의 영향력으로 자신의 학생들을 "영원히 내 것"으로 만들겠다는 브로디 선생의 결심과는 달리, 샌디는 확신의 실패, 변화를 위한 내적 고통, 반성을 통한 변화가 성장이라고 생각하는 것이다. 소설 전체를 관통하는 '도덕이 가능한가'라는 형이상학적 질문에 대한 답변 역시 자기확신의 지양에서 반성과 성장의 가능성을 발견하는 샌디의 태도에서 우회적으로 제시된다. 그러나 스파크는 창작자로서 계몽적으로 브로디 선생의 서사에서 샌디의 서사로 이동하거나 샌디의 관점으로 브로디 선생의 관점을 덮어쓰는 대신, 동일성과 거리두기의 운동성을 유지한 채 두

이야기를 겹쳐쓴다. 소설 쓰기 자체가 파시즘적 동화와 동일시의 기제에 반대하는 방식으로 창작을 실천하는 것이다.

그래서 소설에서 가장 인상적이고 아름다운 장면들은, 이 모든 겹겹의 요소가 하나로 환원되지 않고 마치 서술자 없이 존재하는 하나의 풍경처럼 펼쳐지는 순간들이다. 방학이 가까울 무렵, 제니와 샌디, 브로디 선생이 함께 로더 선생 집 근처 해변을 산책하는 장면도 그런 순간 중 하나다. 자갈 덮인 해변을 따라 석양 가득한 공기 속으로 예고도 없이 달려나가는 열네 살 소녀들의 환희와 방학 때 방문할 독일의 히틀러 부대에 대한 브로디 선생의 부푼 기대, 숨겨진 성적 욕망과 학교 내 인정 투쟁을 둘러싼 음모까지 모두 공유하는 무리와 선생 간의 긴밀한 유대, 그리고 방학이 시작되기만 하면 양떼를 쫓아다니고 건초를 만드느라 순식간에 잊고 말 그 관계의 연약함까지, 모두 마치 하나의 시어처럼 명징하고도 복합적으로 펼쳐지는 그런 순간.

이렇게 밀도 있는 순간으로 가득찬 스파크의 소설을 읽다보면 비평가들이 왜 주제적인 면보다 형식적인 면에서 스파크에게 열광했는지 어렵지 않게 납득된다. 강력하고 매력적인 인물들에도 불구하고 동일시 없이 소설을 읽게 되는, 선명한 주제 의식을 느끼면서도, 한 마디로 주제를 정리할 수는 없는, 흥미롭고 유익한 경험을 소설을 읽는 독자분들도 느낄 수 있길 바란다.

주로 소설을 창작했고 소설로 명성을 얻었지만, 스파크는 언제나 자신을 시인이라고 생각했고 소설 역시 시 창작의 연속이라고 생각했다. 그런 생각을 반영하듯 스파크의 문장은 짧고 함축적이며, 문단들 및 여섯 개의 장 역시 건축물의 부분처럼 정교한 구상 아래 배치되어 있다. 함축된 의미 전달을 위해 의역이 불가피한 부분이 있었지만, 의역을 하면서 시적 함축과 구성미를 살리기는 쉽지 않았다. 예고 없이 과거에서 현재 또 미래로 오가는 시제나 3인칭과 1인칭 화자를 오가는 서술 방식 역시 고민의 연속이었다. 유머와 냉소, 오류투성이 인간에 대한 깊은 혐오와 연민이 다성악처럼 갈등 없이 표현되는 스파크 특유의 어조는 옆에 원문을 병기했으면 싶은 마음까지 들었다. 지나친 의역을 경계하고 원문을 최대한 살린다는 문학동네 세계문학팀의 명확한 번역 원칙과 편집부의 꼼꼼한 감수가 큰 도움이 되었다. 역자 이전에 독자로서 안도감을 느끼며 감사를 드린다.

서정은

1918년 2월 1일 스코틀랜드 에든버러 출생.

1923~1934년 십이 년 동안 『진 브로디 선생의 전성기*The Prime of Miss Jean Brodie*』의 모델이 된 에든버러 제임스 길레스피스 여학교에서 수학. 이곳에서 소설의 주인공 진 브로디 선생의 모델이 된 크리스티나 케이 선생을 만나 이 년간 수학함.

1934~1936년 대학 진학을 희망했지만 학비 문제로 포기하고 해리엇와트 칼리지에서 실용작문 수업 수강. 임시직 영어 교사, 백화점 직원 등으로 일함.

1937년 스코틀랜드의 한 댄스파티에서 열세 살 연상의 시드니 오즈월드 스파크를 만나 가족의 반대를 무릅쓰고 함께 영국령 로디지아로 이주. 그해 9월 3일 로디지아에서 결혼함.

1938년 7월 9일. 아들 로빈 출생. 임신 기간중 과거 정신 병력이 있었던 남편의 정신병 증상이 점점 더 심각해지고 폭력적인 행동이 빈발해짐. 남편은 자신의 불안정한 상태를 이유로 강력히 낙태를 원했지만 뮤리얼 스파크의 의지로 아들을 낳음. 후에 종교와 예술, 가족사를 둘러싼 모자간의 불화와 갈등은 뮤리얼 스파크를 오랫동안 괴롭힘.

1939년 2차대전 발발 직후 남편이 군에 입대하자 별거와 함께 이혼 절차를 밟기 시작함.

1942년 길고 까다로운 소송 끝에 이혼. 전시라 여행 규제로 인해 귀국하지 못하고 계속 로디지아에 체류. 생활비를 벌기 위해 비서 등으로 일하며 시 창작.

1944년	3월, 아들 로빈을 로디지아의 수녀원 운영 기숙학교에 남겨둔 채 귀국하는 군인들을 위한 배에 자리를 얻어 영국 귀국에 성공. 로빈은 종전 선언 후인 1945년 9월 영국으로 돌아옴.
1944~1945년	영국정부 정보부에서 근무.
1946년	귀금속 관련 계간지 『아르젠토*Argentor*』 견습 기자로 근무.
1947~1949년	『포이트리 리뷰*Poetry Review*』 편집자로 근무.
1951년	「치품천사와 잠베지강The Seraph and the Zambesi」이 옵서버 단편소설 경쟁에서 대상을 받으며 본격적으로 산문 창작 시작. 메리 셸리 전기 『빛의 아이: 메리 울스턴크래프트 셸리의 재평가*Child of Light: A Reassessment of Mary Wollstonecraft Shelley*』 출간.
1952년	시집 『팬파를로와 기타 시선*The Fanfarlo and Other Verse*』 출간.
1953년	존 메이스필드 전기 및 에밀리 브론테 연구서 출간.
1954년	식욕억제제 덱세드린 복용 후 망상 등 심각한 부작용을 경험. 가톨릭으로 개종. 다수의 비평가들이 이 당시 신경질환 체험과 가톨릭 개종을 이후 그의 문학세계에 가장 큰 영향을 준 두 사건으로 평가.
1957년	첫 장편소설 『위로하는 사람들*The Comforters*』 출간. 본격적으로 문단의 주목을 받기 시작함.
1959년	『메멘토 모리*Memento Mori*』 출간.
1960년	『독신자들*The Bachelors*』 『페컴 라이의 노래*Ballad of Peckham Rye*』 출간.
1961년	『진 브로디 선생의 전성기』 출간.
1962년	뉴욕으로 이주. 1966년까지 뉴욕에 거주하며 미국의 주요 문인들과 교유.

1963년 『가난한 소녀들*The Girls of Slender Means*』 출간.

1965년 『맨들바움 게이트*The Mandelbaum Gate*』 출간. 이 작품으로 영국의 가장 유서 깊은 문학상 중 하나인 제임스 테이트 블랙 메모리얼 상 수상.

1967년 이탈리아 로마로 건너감. 그곳에서 평생의 친구이자 동거인 조각가 퍼넬로피 자딘을 만남. 두 사람의 관계는 오랫동안 무수한 소문과 호기심의 대상이 되었지만, 이후 두 사람이 연인 관계가 아니라고 공식적으로 밝힘.

1968년 『공적 이미지*The Public Image*』 출간.

1970년 『운전석*The Driver's Seat*』 출간.

1971년 『방해금지*Not to Disturb*』 출간.

1973년 『이스트 강가의 온실*The Hothouse by the East River*』 출간.

1974년 『크루의 수녀원장*The Abbess of Crewe*』 출간.

1976년 『인수*The Takeover*』 출간.

1979년 『영토권*Territorial Rights*』 출간.

1981년 『수상한 배회*Loitering with Intent*』 출간.

1984년 『유일한 문제*The Only Problem*』 출간.

1985년 로마와 토스카나를 오가던 생활을 접고 자딘과 함께 토스카나에 정착.

1988년 『켄징턴과는 사뭇 다른*A Far Cry From Kensington*』 출간.

1990년 『심포지움*Symposium*』 출간.

1992년 자서전 『이력서*Curriculum Vitae*』 출간.

1993년 영국 데임 작위 수여.

1996년 『현실과 꿈*Reality and Dreams*』 출간. 프랑스 코망되르 훈장 수훈.

1997년 데이비드 코언 상 수상.

2000년 『방조*Aiding and Abetting*』 출간.

2004년 『교양학교*The Finishing School*』 출간.

2006년 4월 13일 이탈리아 토스카나에서 여든여덟 살의 나이로 사망.

문학동네 세계문학전집 발간에 부쳐

세계문학은 국민문학 혹은 지역문학을 떠나 존재하는 문학이 아니지만 그것들의 총합도 아니다. 세계문학이라는 용어에는 그 나름의 언어와 전통을 갖고 있는 국민문학이나 지역문학의 존재를 인정하면서 그것을 넘어서는 문학의 보편적 질서에 대한 관념이 새겨져 있다. 그 용어를 처음 고안한 19세기 유럽인들은 유럽 문학을 중심으로 그 질서를 구축했지만 풍부한 국민문학의 전통을 가지고 있는 현대의 문학 강국들은 나름의 방식으로 세계문학을 이해하면서 정전(正典)의 목록을 작성하고 또 수정한다.

한국에서도 세계문학 관념은 우리 사회와 문화의 변화 속에서 거듭 수정돼왔다. 어느 시기에는 제국 일본의 교양주의를 반영한 세계문학 관념이, 어느 시기에는 제3세계 민족주의에 동조한 세계문학 관념이 출현했고, 그러한 관념을 실천한 전집물이 출판됐다. 21세기 한국에 새로운 세계문학전집이 필요하다는 것은 명백하다. 우리의 지성과 감성의 기준에 부합하는 세계문학을 다시 구상할 때가 되었다.

문학동네 세계문학전집은 범세계적으로 통용되는 고전에 대한 상식을 존중하면서도 지난 반세기 동안 해외 주요 언어권에서 창작과 연구의 진전에 따라 일어난 정전의 변동을 고려하여 편성되었다. 그래서 불멸의 명작은 물론 동시대 세계의 중요한 정치·문화적 실천에 영감을 준 새로운 작품들을 두루 포함시켰다.

창립 이후 지금까지 한국문학 및 번역문학 출판에서 가장 전문적이고 생산적인 그룹을 대표해온 문학동네가 그간 축적한 문학 출판 경험을 바탕으로 새로운 세계문학전집을 펴낸다. 인류가 무지와 몽매의 어둠 속을 방황하면서도 끝내 길을 잃지 않은 것은 세계문학사의 하늘에 떠 있는 빛나는 별들이 길잡이가 되어주었기 때문이다. 우리가 자부심과 사명감 속에서 그리게 될 이 새로운 별자리가 독자들의 관심과 애정에 힘입어 우리 모두의 뿌듯한 자산이 되기를 소망한다.

문학동네 세계문학전집 편집위원

민은경, 박유하, 변현태, 송병선, 이재룡, 홍길표, 남진우, 황종연

세계문학전집 160
진 브로디 선생의 전성기

1판 1쇄 2018년 2월 1일
1판 4쇄 2023년 10월 5일

지은이 뮤리얼 스파크 | 옮긴이 서정은
책임편집 김수현 | 편집 홍상희 박신양
디자인 고은이 최미영 | 저작권 박지영 형소진 최은진 서연주 오서영
마케팅 정민호 서지화 한민아 이민경 안남영 왕지경 황승현 김혜원 김하연
브랜딩 함유지 함근아 고보미 박민재 김희숙 정승민 배진성
제작 강신은 김동욱 이순호 | 제작처 영신사

펴낸곳 (주)문학동네 | 펴낸이 김소영
출판등록 1993년 10월 22일 제2003-000045호
주소 10881 경기도 파주시 회동길 210
전자우편 editor@munhak.com | 대표전화 031)955-8888 | 팩스 031)955-8855
문의전화 031)955-1927(마케팅), 031)955-3560(편집)
문학동네카페 http://cafe.naver.com/mhdn
인스타그램 @munhakdongne | 트위터 @munhakdongne
북클럽문학동네 http://bookclubmunhak.com

ISBN 978-89-546-5015-1 04840
978-89-546-0901-2 (세트)

www.munhak.com

1, 2, 3 안나 카레니나 레프 톨스토이 | 박형규 옮김
4 판탈레온과 특별봉사대 마리오 바르가스 요사 | 송병선 옮김
5 황금 물고기 르 클레지오 | 최수철 옮김
6 템페스트 윌리엄 셰익스피어 | 이경식 옮김
7 위대한 개츠비 F. 스콧 피츠제럴드 | 김영하 옮김
8 아름다운 애너벨 리 싸늘하게 죽다 오에 겐자부로 | 박유하 옮김
9, 10 파우스트 요한 볼프강 폰 괴테 | 이인웅 옮김
11 가면의 고백 미시마 유키오 | 양윤옥 옮김
12 킴 러디어드 키플링 | 하창수 옮김
13 나귀 가죽 오노레 드 발자크 | 이철의 옮김
14 피아노 치는 여자 엘프리데 옐리네크 | 이병애 옮김
15 1984 조지 오웰 | 김기혁 옮김
16 벤야멘타 하인학교-야콥 폰 군텐 이야기 로베르트 발저 | 홍길표 옮김
17, 18 적과 흑 스탕달 | 이규식 옮김
19, 20 휴먼 스테인 필립 로스 | 박범수 옮김
21 체스 이야기 · 낯선 여인의 편지 슈테판 츠바이크 | 김연수 옮김
22 왼손잡이 니콜라이 레스코프 | 이상훈 옮김
23 소송 프란츠 카프카 | 권혁준 옮김
24 마크롤 가비에로의 모험 알바로 무티스 | 송병선 옮김
25 파계 시마자키 도손 | 노영희 옮김
26 내 생명 앗아가주오 앙헬레스 마스트레타 | 강성식 옮김
27 여명 시도니가브리엘 콜레트 | 송기정 옮김
28 한때 흑인이었던 남자의 자서전 제임스 웰든 존슨 | 천승걸 옮김
29 슬픈 짐승 모니카 마론 | 김미선 옮김
30 피로 물든 방 앤절라 카터 | 이귀우 옮김
31 숨그네 헤르타 뮐러 | 박경희 옮김
32 우리 시대의 영웅 미하일 레르몬토프 | 김연경 옮김
33, 34 실낙원 존 밀턴 | 조신권 옮김
35 복낙원 존 밀턴 | 조신권 옮김
36 포로기 오오카 쇼헤이 | 허호 옮김
37 동물농장 · 파리와 런던의 따라지 인생 조지 오웰 | 김기혁 옮김
38 루이 랑베르 오노레 드 발자크 | 송기정 옮김
39 코틀로반 안드레이 플라토노프 | 김철균 옮김
40 어두운 상점들의 거리 파트릭 모디아노 | 김화영 옮김
41 순교자 김은국 | 도정일 옮김
42 젊은 베르테르의 슬픔 요한 볼프강 폰 괴테 | 안장혁 옮김
43 더블린 사람들 제임스 조이스 | 진선주 옮김
44 설득 제인 오스틴 | 원영선, 전신화 옮김
45 인공호흡 리카르도 피글리아 | 엄지영 옮김
46 정글북 러디어드 키플링 | 손향숙 옮김
47 외로운 남자 외젠 이오네스코 | 이재룡 옮김
48 에피 브리스트 테오도어 폰타네 | 한미희 옮김
49 둔황 이노우에 야스시 | 임용택 옮김
50 미크로메가스 · 캉디드 혹은 낙관주의 볼테르 | 이병애 옮김

51, 52 염소의 축제 마리오 바르가스 요사 | 송병선 옮김
53 고야산 스님·초롱불 노래 이즈미 교카 | 임태균 옮김
54 다니엘서 E. L. 닥터로 | 정상준 옮김
55 이날을 위한 우산 빌헬름 게나치노 | 박교진 옮김
56 톰 소여의 모험 마크 트웨인 | 강미경 옮김
57 카사노바의 귀향·꿈의 노벨레 아르투어 슈니츨러 | 모명숙 옮김
58 바보들을 위한 학교 사샤 소콜로프 | 권정임 옮김
59 어느 어릿광대의 견해 하인리히 뵐 | 신동도 옮김
60 웃는 늑대 쓰시마 유코 | 김훈아 옮김
61 팔코너 존 치버 | 박영원 옮김
62 한눈팔기 나쓰메 소세키 | 조영석 옮김
63, 64 톰 아저씨의 오두막 해리엇 비처 스토 | 이종인 옮김
65 아버지와 아들 이반 투르게네프 | 이항재 옮김
66 베니스의 상인 윌리엄 셰익스피어 | 이경식 옮김
67 해부학자 페데리코 안다아시 | 조구호 옮김
68 긴 이별을 위한 짧은 편지 페터 한트케 | 안장혁 옮김
69 호텔 뒤락 애니타 브루크너 | 김정 옮김
70 잔해 쥘리앵 그린 | 김종우 옮김
71 절망 블라디미르 나보코프 | 최종술 옮김
72 더버빌가의 테스 토머스 하디 | 유명숙 옮김
73 감상소설 미하일 조셴코 | 백용식 옮김
74 빙하와 어둠의 공포 크리스토프 란스마이어 | 진일상 옮김
75 쓰가루·석별·옛날이야기 다자이 오사무 | 서재곤 옮김
76 이인 알베르 카뮈 | 이기언 옮김
77 달려라, 토끼 존 업다이크 | 정영목 옮김
78 몰락하는 자 토마스 베른하르트 | 박인원 옮김
79, 80 한밤의 아이들 살만 루슈디 | 김진준 옮김
81 죽은 군대의 장군 이스마일 카다레 | 이창실 옮김
82 페레이라가 주장하다 안토니오 타부키 | 이승수 옮김
83, 84 목로주점 에밀 졸라 | 박명숙 옮김
85 아베 일족 모리 오가이 | 권태민 옮김
86 폭풍의 언덕 에밀리 브론테 | 김정아 옮김
87, 88 늦여름 아달베르트 슈티프터 | 박종대 옮김
89 클레브 공작부인 라파예트 부인 | 류재화 옮김
90 P세대 빅토르 펠레빈 | 박혜경 옮김
91 노인과 바다 어니스트 헤밍웨이 | 이인규 옮김
92 물방울 메도루마 슌 | 유은경 옮김
93 도깨비불 피에르 드리외라로셸 | 이재룡 옮김
94 프랑켄슈타인 메리 셸리 | 김선형 옮김
95 래그타임 E. L. 닥터로 | 최용준 옮김
96 캔터빌의 유령 오스카 와일드 | 김미나 옮김
97 만(卍)·시게모토 소장의 어머니 다니자키 준이치로 | 김춘미, 이호철 옮김
98 맨해튼 트랜스퍼 존 더스패서스 | 박경희 옮김
99 단순한 열정 아니 에르노 | 최정수 옮김

100 열세 걸음 모옌 | 임홍빈 옮김
101 데미안 헤르만 헤세 | 안인희 옮김
102 수레바퀴 아래서 헤르만 헤세 | 한미희 옮김
103 소리와 분노 윌리엄 포크너 | 공진호 옮김
104 곰 윌리엄 포크너 | 민은영 옮김
105 롤리타 블라디미르 나보코프 | 김진준 옮김
106, 107 부활 레프 톨스토이 | 박형규 옮김
108, 109 모래그릇 마쓰모토 세이초 | 이병진 옮김
110 은둔자 막심 고리키 | 이강은 옮김
111 불타버린 지도 아베 고보 | 이영미 옮김
112 말라볼리아가의 사람들 조반니 베르가 | 김운찬 옮김
113 디어 라이프 앨리스 먼로 | 정연희 옮김
114 돈 카를로스 프리드리히 실러 | 안인희 옮김
115 인간 짐승 에밀 졸라 | 이철의 옮김
116 빌러비드 토니 모리슨 | 최인자 옮김
117, 118 미국의 목가 필립 로스 | 정영목 옮김
119 대성당 레이먼드 카버 | 김연수 옮김
120 나나 에밀 졸라 | 김치수 옮김
121, 122 제르미날 에밀 졸라 | 박명숙 옮김
123 현기증. 감정들 W. G. 제발트 | 배수아 옮김
124 강 동쪽의 기담 나가이 가후 | 정병호 옮김
125 붉은 밤의 도시들 윌리엄 버로스 | 박인찬 옮김
126 수고양이 무어의 인생관 E. T. A. 호프만 | 박은경 옮김
127 맘브루 R. H. 모레노 두란 | 송병선 옮김
128 익사 오에 겐자부로 | 박유하 옮김
129 땅의 혜택 크누트 함순 | 안미란 옮김
130 불안의 책 페르난두 페소아 | 오진영 옮김
131, 132 사랑과 어둠의 이야기 아모스 오즈 | 최창모 옮김
133 페스트 알베르 카뮈 | 유호식 옮김
134 다마세누 몬테이루의 잃어버린 머리 안토니오 타부키 | 이현경 옮김
135 작은 것들의 신 아룬다티 로이 | 박찬원 옮김
136 시스터 캐리 시어도어 드라이저 | 송은주 옮김
137 고독한 산책자의 몽상 장자크 루소 | 문경자 옮김
138 용의자의 야간열차 다와다 요코 | 이영미 옮김
139 세기아의 고백 알프레드 드 뮈세 | 김미성 옮김
140 햄릿 윌리엄 셰익스피어 | 이경식 옮김
141 카산드라 크리스타 볼프 | 한미희 옮김
142 이 글을 읽는 사람에게 영원한 저주를 마누엘 푸익 | 송병선 옮김
143 마음 나쓰메 소세키 | 유은경 옮김
144 바다 존 밴빌 | 정영목 옮김
145, 146, 147, 148 전쟁과 평화 레프 톨스토이 | 박형규 옮김
149 세 가지 이야기 귀스타브 플로베르 | 고봉만 옮김
150 제5도살장 커트 보니것 | 정영목 옮김
151 알렉시 · 은총의 일격 마르그리트 유르스나르 | 윤진 옮김

152 말라 온다 알베르토 푸겟 | 엄지영 옮김
153 아르세니예프의 인생 이반 부닌 | 이항재 옮김
154 오만과 편견 제인 오스틴 | 류경희 옮김
155 돈 에밀 졸라 | 유기환 옮김
156 젊은 예술가의 초상 제임스 조이스 | 진선주 옮김
157, 158, 159 카라마조프가의 형제들 표도르 도스토옙스키 | 김희숙 옮김
160 진 브로디 선생의 전성기 뮤리얼 스파크 | 서정은 옮김
161 13인당 이야기 오노레 드 발자크 | 송기정 옮김
162 하지 무라트 레프 톨스토이 | 박형규 옮김
163 희망 앙드레 말로 | 김웅권 옮김
164 임멘 호수 · 백마의 기사 · 프시케 테오도어 슈토름 | 배정희 옮김
165 밤은 부드러워라 F. 스콧 피츠제럴드 | 정영목 옮김
166 야간비행 앙투안 드 생텍쥐페리 | 용경식 옮김
167 나이트우드 주나 반스 | 이예원 옮김
168 소년들 앙리 드 몽테를랑 | 유정애 옮김
169, 170 독립기념일 리처드 포드 | 박영원 옮김
171, 172 닥터 지바고 보리스 파스테르나크 | 박형규 옮김
173 싯다르타 헤르만 헤세 | 권혁준 옮김
174 야만인을 기다리며 J. M. 쿳시 | 왕은철 옮김
175 철학편지 볼테르 | 이봉지 옮김
176 거지 소녀 앨리스 먼로 | 민은영 옮김
177 창백한 불꽃 블라디미르 나보코프 | 김윤하 옮김
178 슈틸러 막스 프리슈 | 김인순 옮김
179 시핑 뉴스 애니 프루 | 민승남 옮김
180 이 세상의 왕국 알레호 카르펜티에르 | 조구호 옮김
181 철의 시대 J. M. 쿳시 | 왕은철 옮김
182 카시지 조이스 캐럴 오츠 | 공경희 옮김
183, 184 모비 딕 허먼 멜빌 | 황유원 옮김
185 솔로몬의 노래 토니 모리슨 | 김선형 옮김
186 무기여 잘 있거라 어니스트 헤밍웨이 | 권진아 옮김
187 컬러 퍼플 앨리스 워커 | 고정아 옮김
188, 189 죄와 벌 표도르 도스토옙스키 | 이문영 옮김
190 사랑 광기 그리고 죽음의 이야기 오라시오 키로가 | 엄지영 옮김
191 빅 슬립 레이먼드 챈들러 | 김진준 옮김
192 시간은 밤 류드밀라 페트루솁스카야 | 김혜란 옮김
193 타타르인의 사막 디노 부차티 | 한리나 옮김
194 고양이와 쥐 귄터 그라스 | 박경희 옮김
195 펠리시아의 여정 윌리엄 트레버 | 박찬원 옮김
196 마이클 K의 삶과 시대 J. M. 쿳시 | 왕은철 옮김
197, 198 오스카와 루신다 피터 케리 | 김시현 옮김
199 패싱 넬라 라슨 | 박경희 옮김
200 마담 보바리 귀스타브 플로베르 | 김남주 옮김
201 패주 에밀 졸라 | 유기환 옮김
202 도시와 개들 마리오 바르가스 요사 | 송병선 옮김

203 루시 저메이카 킨케이드 | 정소영 옮김

204 대지 에밀 졸라 | 조성애 옮김

205, 206 백치 표도르 도스토옙스키 | 김희숙 옮김

207 백야 표도르 도스토옙스키 | 박은정 옮김

208 순수의 시대 이디스 워턴 | 손영미 옮김

209 단순한 이야기 엘리자베스 인치볼드 | 이혜수 옮김

210 바닷가에서 압둘라자크 구르나 | 황유원 옮김

211 낙원 압둘라자크 구르나 | 왕은철 옮김

212 피라미드 이스마일 카다레 | 이창실 옮김

213 애니 존 저메이카 킨케이드 | 정소영 옮김

214 지고 말 것을 가와바타 야스나리 | 박혜성 옮김

215 부서진 사월 이스마일 카다레 | 유정희 옮김

216 사람은 무엇으로 사는가 레프 톨스토이 | 이항재 옮김

217, 218 악마의 시 살만 루슈디 | 김진준 옮김

219 오늘을 잡아라 솔 벨로 | 김진준 옮김

220 배반 압둘라자크 구르나 | 황가한 옮김

221 어두운 밤 나는 적막한 집을 나섰다 페터 한트케 | 윤시향 옮김

222 무어의 마지막 한숨 살만 루슈디 | 김진준 옮김

223 속죄 이언 매큐언 | 한정아 옮김

224 암스테르담 이언 매큐언 | 박경희 옮김

225, 226, 227 특성 없는 남자 로베르트 무질 | 박종대 옮김

228 앨프리드와 에밀리 도리스 레싱 | 민은영 옮김

229 북과 남 엘리자베스 개스켈 | 민승남 옮김

230 마지막 이야기들 윌리엄 트레버 | 민승남 옮김

231 벤저민 프랭클린 자서전 벤저민 프랭클린 | 이종인 옮김

232 만년양식집 오에 겐자부로 | 박유하 옮김

233 이상한 나라의 앨리스 루이스 캐럴 | 존 테니얼 그림 | 김희진 옮김

234 소네치카 · 스페이드의 여왕 류드밀라 울리츠카야 | 박종소 옮김

235 메데야와 그녀의 아이들 류드밀라 울리츠카야 | 최종술 옮김

● 문학동네 세계문학전집은 계속 출간됩니다